余命宣告を受けたので私を顧みない家族と婚約者に執着するのをやめることにしました

登場人物紹介
ケリー
アゼリアと運命の出会いを果たし、個人的に雇われている専属メイド。明るく元気な性格で家事が得意。
アゼリア
冷遇され続けた伯爵令嬢。余命半年と宣告されたことをきっかけに、どん底の人生をリセットしようと決心して――!?

ヨハン
アゼリアのかかりつけの町医者。真面目で努力家。貧しい人々のために無償で治療もしている。
カイ
心優しく思いやりのある性格。フレーベル家の御者でありながら唯一アゼリアに優しかったが……
マルセル
アゼリアの婚約者。責任感が強い性格で、両親をとても尊敬している。

第一章　体調の異変

それは四月に入ったばかりのころだった。

「そろそろ起きなくちゃ……」

七時。私――アゼリア・フレーベルは身体がだるく、頭もぼんやりしているように感じていた。

ベッドから起き上がり室内履きを履こうとしたとき、いきなりそれは現れる。

突然、床と天井がひっくり返ってしまったのではないかと思われるほど激しい眩暈《めまい》とともに、耳鳴りが起こったのだ。

な、何……？　一体何が起きているの……？

あまりのことにベッドから転げ落ちてしまい、動けなくなってしまう。天井も床もグルグル回って気分が悪い。私は床の上に転がったまま、眩暈《めまい》が治まるまでじっと耐える。

やがて激しかった眩暈《めまい》は徐々に治まり、身体を起こした次の瞬間、血なまぐさいにおいがした。

鼻から血がボトボトと流れだし、見る見るうちに床に赤い小さな血だまりを作っていく。

「え……？」

激しい眩暈《めまい》に耳鳴り、そして鼻血。

私は自分の身体に起きた異変に恐怖を覚えた。

誰か人を呼びたいけれど、このフレーベル伯爵家に勤める使用人は誰ひとり、私にかまう者はいない。ことごとく無視するので、いくら呼んでも来てくれないのはわかりきっていた。なんとか起き上がろうと両手を床につくが、視界が真っ暗になり、そのまま私は意識を失ってしまった——


次に目を覚ましたとき、私はベッドに寝かされていた。

こちらをじっと覗き込む、黒髪を三つ編みにした少女が目に飛び込んでくる。幼さが残る彼女は、私が個人的に雇っているメイドのケリーだ。

家族からぞんざいな扱いを受ける私を、フレーベル家の使用人たちは馬鹿にして、誰ひとり私の面倒をみてくれはしない。そこで私はケリーを雇い、彼女が町で買ってきたものを部屋で食べるという生活を送っている。毎月家から渡される『支給金』という名目の三万オルトで、私は彼女の給料や自分の授業代を支払っていた。

「あ……ケリー。おはよう」

「何を言っているのですか？　おはようじゃありません。私がどれほどアゼリア様のことを心配したと思っているのですか？」

ケリーはひどく怒っている様子だった。

「いくらお部屋をノックしても返事がないので扉を開けてみれば、床に倒れていて鼻血まで出しているなんて……まさか顔から転んで、鼻をぶつけられたのですか？」

「え……？」

ケリーの言葉に一瞬戸惑う。どうやら私が転んで鼻血を出して、気を失っていたと思っているようだ。フレーベル家の全員から疎《うと》まれている私が雇った彼女は、きっと肩身の狭い思いで働いているだろう。だからこそ、彼女に余計な心配などかけたくない。

「え、ええ。そうみたい。だめね、私ってドジで」

「アゼリア様はお疲れなのですよ。朝から夕方まで休む暇もなく難しい学問やピアノ、ダンスとスケジュールがびっしりじゃないですか。疲れがたまって、怪我をされたのだと思います」

ケリーは私の事情をよく知っている。

「とにかく本日はゆっくりお休みされたほうがよろしいと思います。ひょっとすると顔をぶつけたときに、脳震盪《のうしんとう》を起こしてしまったかもしれません。授業は言語道断《ごんごどうだん》、お医者さんに行くことをお勧めします」

「医者……そうね、そのほうがいいかも」

たしかに突然意識を失ってしまえば、頭を打つ可能性はある。それにそう言われてみると、この身体の異変は絶対に普通ではない気がする。もうだいぶ前から疲れやすくて動悸や息切れ、時々身体が痺れるような感覚があったのだ。

けれども忙しさにかまけて、すべて気のせいだと決めつけていた。

「だけど、医者に行くとなると今日の授業をお休みしなくちゃいけないわ。お母様になんと言われるか……」

フレーベル家には専属の主治医が常にいるが、主治医にも無視されている私は診てもらえない。そのため自分で医者を捜す必要があった。

けれど今日の予定は十時から歴史の授業、十三時から政治経済の授業。

そして、最後にダンスのレッスンが入っている。伯爵家の娘で二十歳にもなるのに、一度もダンスパーティーに参加したことがない私にはパーティーに着ていくドレスもなければ、エスコートしてくれる相手もいないが。

しかし、ケリーはきっぱりと言い切る。

「何をおっしゃっているのですか？　アゼリア様は、脳震盪《のうしんとう》を起こしたのかもしれないのですよ？お医者さんに行ったあとは、ゆっくり休んでください」

明るいケリーにそう言われると、今日は休んでもいいような気分になってくる。休む暇もなく、授業とレッスンに励む日々。一日くらい、ゆっくり休むようにと身体が訴えているのかもしれない。

そう考えたとき、苛立ちを含んだ激しいノック音が聞こえてくる。

「はーい。今、開けます！」

ケリーは大きな声で返事をすると扉を開けた。

「アゼリアさん。人を学習室で待たせておいて、眠っているとは一体どういうつもりですか！」

男性は怒鳴りながら、ケリーを押しのけるかのようにズカズカと部屋の中に入ってきた。

彼は、歴史の先生だ。まだベッドに横たわっているのに平気で入ってくるなんて、私を伯爵令嬢扱いしていないのは明らかだった。しかし、それはいつもと変わらない。

「申し訳ございません。体調が悪かったものですから……本日のレッスンはお休みさせてください」

私は身体が痺れてうまく動かせず、ベッドに横たわったまま謝罪する。

「たしかに顔色はよくないですが……さぼってはいけません。早く起きてください！」

「先生、アゼリア様は今朝、気を失っておられたのですよ。しかも鼻血をたくさん出しながら！」

ケリーが会話に割って入り、私が着ていた白いネグリジェを先生に見せた。胸元は赤い血で真っ赤に染まっている。それを見た瞬間、先生はハッとする。

「わ、わかりました……本日のレッスンはお休みしていいです。その代わり、奥様には報告させていただきますからね！」

顔が真っ青になった先生は吐き捨てるようにそう言うと、足早に部屋を出ていった。

「アゼリア様、大丈夫ですか？」

「ええ、ありがとう。お医者さんに行くから仕度《したく》を手伝ってもらえるかしら？」

「もちろんです、アゼリア様」

私がゆっくりベッドから起き上がると、ケリーが背後から支えてくれる。

そして仕度《したく》を終えた私はわずかな希望を抱いて、フレーベル家の馬繋場《ばけいじょう》へ向かった。私はフレーベル家の馬車を使うことは許されていない。普段は辻馬車を使っているが、できることなら今日は乗せてもらいたかった。

馬繋場《ばけいじょう》には三人の御者がいて、彼らは談笑していた。

「……すみません、馬車を出していただけませんか？」

私が恐る恐る声をかけてみると、彼らは会話をピタリとやめてチラリと見てきた。いつもとは違う反応にひょっとして馬車を出してくれるのだろうかと、淡い期待を抱く。しかし、彼らはすぐに私から視線を逸らして、再び会話を始めた。

「そう言えば、この間モニカ様と奥様、それにマルセル様を乗せてオペラハウスへお連れしたぞ」

「ああ、あの辺りは町並みも美しくていいだろう？」

「そうだな。馬車の中で、三人は仲睦まじく話していたよ。本当に楽しそうだったな」

その会話は明らかに私への嫌がらせだった。彼らは私の存在を無視しながらも、わざとモニカたちのことを聞かせているのだ。ただでさえ具合が悪い中、さらに気分が悪くなるような話をこれ以上聞きたくない。

「すみません。お邪魔しました……」

私は小声で挨拶して立ち去ると、後ろから彼らの嘲笑が聞こえてきた。これもいつもと変わらないことだ。結局、辻馬車乗り場まで歩き、御者に声をかけた。

「すみません、この近くで内科の診療所がありましたら、そちらまで乗せていただけますか？」

「ええ、もちろんです。あの、大丈夫ですか？　顔色が真っ青ですよ？」

「はい……少し体調が悪いもので……」

私は額からにじみ出てくる冷や汗をハンカチで押さえる。御者は腕組みをしてしばらく考えていた様子だったが、ポンと膝を叩いた。

「いい先生を知っています。まだ開業したてで若い先生ですが、大変な名医だそうですよ？　それに何より優しい方です」

「本当ですか？　ではその先生の診療所までお願いします」

そう言うと、男性は御者台から降りて馬車のドアを開けてくれた。

「ご親切にありがとうございます」

「こんなに丁寧に挨拶をされる貴族の方にお会いするのは初めてですよ。さ、どうぞ」

御者は恥ずかしそうに笑った。すぐに馬車は音を立てて走り出し、到着したのはメインストリート沿いに面した一角にある、石造りの建物だった。

診療所の中で自分の番が回ってくるのをしばらく待っていると、看護師さんに案内されて診察室に入る。そこには、ブラウンの髪色の若い先生が笑みを浮かべて座っていた。

「ヨハンと申します。どうぞよろしくお願いいたします」

先生は挨拶すると、熱心に私の病状を聞いてくれた。それから何度も私の脈を測ったり、口の中や瞼《まぶた》を見たりする。そして。

「アゼリアさん……」

ヨハン先生は沈痛な面持ちで私を見た。

「はい、なんでしょうか？」

「こんな話……いきなりで驚くかもしれませんが、あなたの病気は思った以上に深刻なものです。本当はずいぶん前から具合が悪かったのではないですか？」

「え？　ええ……」

ひょっとすると、あまりよくない病気なのだろうか？　ヨハン先生の真剣な表情に、不安な気持ちがふくらんでいく。

「この際なのではっきり申し上げます。この病気の進行はとても早いです。明確な治療法もまだ見つかっていません」

一体何を言っているのだろう……？　ただならぬ気配を感じる。

「アゼリアさん、どうか落ち着いて聞いてくださいね？」

「は、はい」

「あなたは白血病にかかっています。おそらくあなたの命は、あと半年ほどだと思います……」

その言葉に、私は目の前が真っ暗になるのを感じた。

第二章　グリーンヒル教会

余命宣告を受けてから一か月後、新緑の美しい五月の昼下がり。

私は授業の合間を縫って、邸宅の庭園にあるガゼボでひとり本を読んでいた。そこへ楽しげな会話をしながら、こちらへ近づいてくる人たちがいた。

「やーだ。マルセル様ったら」

二歳年下の妹、モニカの声だ。金髪に青い瞳を持つ愛らしい容姿のモニカは、私と少しも似ていない。

「ほら。ここ枝が出ているから気をつけて、モニカ」

いたわるように優しげな声音で語りかけるのは、私の婚約者であるマルセル・ハイム様。ダークブロンドの髪に、グレーの瞳が印象的な彼はハイム伯爵家の跡取りで、私より四歳年上の二十四歳。

現在、製薬会社に勤めていて経理の仕事をしている。彼はとても忙しいはずなのに、毎週末モニカに会うためにフレーベル家を訪れていた。

ふたりは本当の恋人同士のようだ。私はマルセル様の婚約者なのに、彼の手を取るどころか、隣に立つことすら許されない。

「本当は、婚約者の私に会いにいくよう、マルセル様は御両親から命じられたのでしょうね」

思わずポロリと言葉が口から出る。

少しでも彼に気に入られるよう、今までどれだけ頑張ってきただろう。マルセル様の婚約者に選ばれたときから、私はよき妻になるためにさまざまな難解な課題を両親から命じられていた。外国語から歴史、政治経済まで多岐にわたって学んだ。

いや、マルセル様に限ったことではない。私を引き取り育ててくれた両親のために、勉強や厳しいレッスンを必死に耐えてきたけれど、結局認めてくれることはなかった。

唯一私を優秀だと認めてくれたのは、皮肉なことにマルセル様の両親だけだ。

「滅多にふたりはここに来ないのに、なぜ今日に限って……」

モニカたちに気づかれないうちに隠れようと立ち上がったとき、眩暈《めまい》が起きる。地面が一瞬反転したように感じ、私は慌てて椅子に座り直す。

いつもの貧血だ。心臓がドクドクし、呼吸が苦しい。今無理に立ち上がれば、気を失ってしまうかもしれない。

その間にも楽し気な話し声はどんどん近づき、ついにすぐそばにやってきた。

なるべく自分の顔が見られないように帽子を目深に被って、本に集中しようと試みる。しかし、眩暈《めまい》のせいで文字を読むことができない。

見つかったらどうしよう……と居心地の悪さを感じつつも、私は覚悟を決める。もしふたりが私に気づいたら、そのときは何食わぬ顔で挨拶しよう。

そんなことを考えていると、ガゼボを隠すように立つ巨木のお陰で私の存在に気づかなかったのか、ふたりはそのまま去っていった。

「ふぅ……」

安堵のため息をつき、自分の長い髪の毛をすくいあげた。

家族とはひとりだけ違う栗色の髪に、緑色の瞳。私はフレーベル家の養女で、モニカは本当の娘。家族と似ているところは何ひとつない。

「お父様、お母様……どうして私を引き取ったのですか……?」

思わず自分の気持ちが口をついて出てしまう。

私は首から下げたペンダントを取り出し、装飾のボタンを押した。ふたが開くと、中には一枚の写真。そこに写るのは身なりのよい若い夫婦で、美しい女性が赤ちゃんを抱いている。

季節は今ごろだったという。ある朝、教会の外で赤ちゃんの泣き声が聞こえたのでシスターが様子を見に行くと、バスケットの中に布にくるまれた赤ちゃんがいた。

そう、それが私だったのだ。布の中には一通の手紙とペンダントが添えられていた。

――この子の名前はアゼリア。どうぞこちらの教会でこの子を育ててください。

教会の前に私を置いた人物は、そこで孤児を育てていることを知っていたのだろう。当時、まだ赤ちゃんだった私から八歳までの子どもがそこで生活していた。その一番年上の男の子は、私のことをとても可愛がってくれたらしい。

私が教会にやってきてから二か月後、子どもに恵まれない若い伯爵家の夫婦が教会を訪れた。そして夫婦が養子に選んだのは、まだ一歳にも満たない私だった。できるだけ幼い子どもを養子に迎えたいと望んでいた夫婦にとって、まさに私は条件に適《かな》っていたのだ。

伯爵家に引き取られてから二年後、夫婦の待ち望んでいた子どもが生まれた。

それが、妹のモニカだったのだ。モニカは両親にそっくりな金色の髪に青い瞳を持っていた。両親は自分たちにそっくりな娘の誕生に喜び……そして当然のごとく、私は周囲から冷遇される身分となったのである。

家族から無視され、婚約者も私に見向きもせずモニカを好いている。おそらく私はこの家では邪魔者なのだろう。

そのとき冷たい風が吹き、思わず身を縮こませた。

『アゼリアさん、生きる希望を持ってください。少しでも長生きできるように』

なぜかふと、主治医のヨハン先生の言葉が蘇る。

あれから先生のもとへは週に一度通っていた。少しでも延命治療の方法がないか熱心に探したり、毎回力強い言葉をかけてくれたりしてくれる。それでも。

「ヨハン先生……ごめんなさい」

気づけば、謝罪の言葉をこぼしていた。ヨハン先生はああ言ったけど、私にはそれが見出せない。

大量の課題で自由時間もあまりなく、家族に病気のことは言い出せていない。家族は私にはなんの関心もなければ、顔を合わせることもほとんどなかった。食事でさえも、私はひとり自室でとるように命じられている。

彼らに死期が近いと報告すれば、かえって喜ばれるかもしれない。それとも少しは心配してくれるだろうか……？

「おそらくそんなことはないわね。眩暈《めまい》も治まったことだし……早く戻らないと、ピアノのレッスンに遅れてしまうわ……」

ガゼボを出ると、私は音楽室へ足を向けたのだった。


私はピアノのレッスンを受けていた。先生は厳しいことで有名で、間違えたりしようものならいつも手にしている指示棒で、手の甲をピシャリと叩かれてしまう。

朝からあまり体調がよくなかった私は、思うように身体に力が入らなかった。それでもなんとか弾き続け、ようやく楽曲の終盤に差しかかる。けれど身体が限界に近づいてきたのか、だんだんと頭がぼんやりしてきた。

……お願い。あと少しだけ持ちこたえてちょうだい……！

「あ！」

私は右鼻から何か流れ出る気配を感じる。そして、ぽたりと鍵盤に鼻血が垂れてしまった。私は驚いて、思わず手の動きを止めてしまう。

「なんですか、アゼリアさん！　演奏中に手を止めるとは一体どういうことです⁉」

先生は厳しい口調でそう言いながら、背後から近づいてくる。そのまま私を覗き込むと息を呑む。

「まぁ！　神聖な鍵盤の上に、血が垂れているではありませんか。ど、どうしたのですか？　鼻血が出ていますよ⁉」

先生はよほど驚いたのか、目を見開いて私を見ている。鼻血はスカートの上にまで垂れていた。

「あ……も、申し訳ございません！　のぼせてしまって……！」

ポケットからハンカチを取り出すと、慌てて鼻を押さえた。

「のぼせた……本当にそうですか？　顔が真っ青ですよ？　もういいわ。今日のレッスンはここまでにしましょう。具合が悪そうですし、また鍵盤に血を垂らされるのはごめんですから」

先生はじっと私の顔を見て、ため息をついた。

「はい、申し訳ございません」

「では、私はこれで失礼いたします。鍵盤をきれいにしておくのですよ」

先生はそう言い残し、長いスカートを翻《ひるがえ》して音楽室を出ていった。

「はぁ……はぁ……はぁ……」

予備で持ち歩いていたハンカチを取り出し、ぼんやりした頭のまま鍵盤の上を拭った。そしてソファベンチに倒れこむように横になる。荒い息をつきながら目を閉じて休んでいると、徐々に眩暈《めまい》が治まっていく。

そのとき、窓の下から笑い声が聞こえてきた。

ゆっくり起き上がって窓から見下ろすと、中庭でお母様とモニカ、マルセル様が小型犬と遊んでいる姿が目に入る。モニカが両親にねだって買ってもらった犬で、名前はキングという。彼女は望むものはなんでも手に入れてきた。そう、マルセル様でさえ……

彼は優しい目でモニカを見つめていた。

フレーベル家では、マルセル様とモニカは公認の恋人同士だ。私とあんなふうに過ごしたことは一度もない。

太陽の下で楽しげに笑うお母様とモニカの金色の髪はキラキラと輝き、とても美しく見える。

「お母様……」

愛情深い眼差しをモニカに送るお母様を見つめた。

最近になって知ったが、使用人たちの噂話によるとお父様は若い愛人を作り、別宅で過ごすことが多くなっているようだ。そこでお母様は、ますますモニカを溺愛するようになったらしい。そんなふたりの様子を見つめていると、人恋しい気持ちになってきた。私の心落ち着ける場所は……

「今日は出血してしまったし、レッスンも中止になったから教会にでも行ってみようかしら」

ゆっくりと立ち上がり、ふらつきながら外出の準備をするため自室へ向かった。

辻馬車に揺られて三十分後、私は目の前の教会を見つめた。

町外れの小高い丘に、教会『グリーンヒル』は建っていた。私の名前と同じ、アゼリアの花の垣根に覆われた真っ白な教会。ここで私は育てられた。

「シスターエレナはいるかしら……？」

彼女が、教会の前に捨てられた私を拾ってくれた。命の恩人とも言える人だ。拾ってくれたころは、まだ若い見習いシスターだったけれど、あれから二十年の歳月が流れ、彼女はこの教会の長《おさ》になっていた。

眩しい日差しが照りつける中、日傘を差してゆっくり教会へ向かう。ふらつく足元に気をつけながら進むと、裏庭から子どもたちのにぎやかな声が聞こえてくる。

ひょっとするとそこにシスターエレナがいるのかもしれないと足を向けた、そのとき。

「こら！　ヤン！　待ちなさい！」

少女の声とともにひとりの少年が、建物の陰から飛び出してきた。

「え？」

「あっ！」

突然現れた少年を避けきれず、私たちは激しくぶつかってしまう。強い衝撃で目の前が真っ暗になり、私は気が遠くなっていくのを感じた。

「ねぇ……このお姉ちゃん大丈夫かなぁ……」

「死んじゃったりしないよね？」

「え、縁起でもないこというなよ！」

「だって鼻から血を出しちゃったんだよ……？」

近くで話す子どもたちの声が聞こえてくる。

「う……ん……」

「あ！　目を覚ますよ！」

「ほら、あなたたちは外に行きなさい。まだお洗濯の途中だったでしょう？」

ひとりの少女の声に続き、聞き覚えのある声が耳に入ってきた。

「「「は〜い」」」

子どもたちの元気な返事のあと、パタパタと軽い足音が遠ざかっていく。私はゆっくり目を開けると、そこには心配そうに覗き込むシスターエレナの姿があった。

「あ、シスターエレナ……」

自分が応接室のソファに寝かされていたことに気がつく。起き上がろうとすると、シスターエレナにそっと肩を押される。

「顔色が悪いわ。まだ横になっていなさい」

「すみません……」

か細い声で謝罪すると、シスターエレナは首を横に振った。

「アゼリア、少し見ない間にずいぶん痩せてしまったわね。顔色も悪いじゃない。ちゃんと食事はとっているの？　……ご家族はあなたを見て、なんと言っているのかしら？」

シスターエレナは家族のことを尋ねるときだけ少しためらいがちに言う。彼女にだけは、私が家族とうまくいってないことをそれとなく伝えていたからだろう。私が本音を言える数少ない相手だった。

「家族は……何も言いません。同じ家に住んでいても、ほとんど顔を合わせることもないですし、食事も私ひとりですので」

「そう……あいかわらずなのね。でもその痩せ方は普通じゃないわ？　ちゃんと栄養のある食事はとれているのかしら？」

もし私の置かれた境遇を、シスターエレナが知ればどう思うだろう？

贅沢《ぜいたく》はおろか生活をするのもギリギリだ。さらに最近は医者に通うようになり、お金も余計にかかってしまう。シスターエレナがいくら本音を言える相手だとしても、そんな不遇な立場に置かれていることを知れば、幼い私をフレーベル家に託した彼女は責任を感じてしまうだろう。

「……大丈夫です。食事はちゃんととっていますから」

私はシスターエレナを安心させるように微笑んでそう告げる。すると、彼女が手を握りしめてきた。

「五月なのに、手がこんなに冷え切ってるじゃない。正直に話してちょうだい。アゼリア、本当はどこか身体の具合が悪いんじゃないの？　だいたい普通の人はちょっとしたことで気を失ったりしないわ。ましてや鼻血まで出すなんて……」

シスターエレナはまるで私の心の内でも見透かすかのように、じっと覗き込んできた。

……彼女は本当に私のことを心配してくれている。それなら、その気持ちに甘えてもいいだろうか？

もうこれ以上強がりを言うには、私の身体も精神も限界だった。

フレーベル家に私の居場所はまったくないし、初めて会ったときから思いを寄せていたマルセル様は皮肉なことにモニカの恋人になってしまった。さらにお父様とお母様からは、マルセル様の両親にそのことを絶対にばらしてはいけない、言ったらただではすまないと脅されている。ばれてしまえば、ハイム家との婚約の話自体がなくなってしまうと危惧しているからだ。

ここは私にとって生きる希望すら見出せない世界なのに、ヨハン先生から自分の病を聞かされたその日、私はベッドで一晩中泣き明かした。

私は死ぬのが怖かったのだ。余命宣告をされてからずっと怖くて孤独で、本当は誰かに話を聞いてほしくてたまらなかった。

「あの……私の話を聞いてもらえますか？」

「ええ、どんな話でも聞くわ」

シスターエレナは私の両手をしっかり握りしめてうなずいた。

「今からする話は、私の家族には絶対に内緒にすると誓っていただけますか？」

「ええ、誓うわ。なんなら神様の前で誓ったっていい」

「では……お話しします。実は……」

私はポツリポツリと語り始める。

自分の病のことすべてを余すことなく告げる間、シスターエレナはひと言も口を挟まずに真剣に話を聞いてくれた。そして長い時間をかけてようやく話し終えると、彼女は一度目を閉じて深いため息をついた。

「アゼリア、今の話は本当なの？　先月、余命があと半年と告げられたなんて……」

「はい、本当です」

次の瞬間、私は強く抱きしめられていた。シスターエレナの温もりがうれしくて、思わず胸に熱いものが込み上げてくる。

「アゼリア……死は……誰にでも必ず訪れるものよ。もし、また辛いことがあれば、いつでもここに来なさい。いいえ、私がフレーベル家にうかがってもいいのよ？」

シスターエレナがフレーベル家を訪ねる……悪い展開しか思い浮かばない。

世間に私を冷遇していることを家族は知られたくはないから、私の客人を許すはずがない。さらに、この教会は貴族からの善意の寄付金で成り立っている。怒った両親がわざと教会の醜聞を流しでもしたら、援助を二度と受けることができなくなってしまうかもしれない。それだけは……絶対に避けなければ。

「だめ……です」

「何がだめなの？」

シスターエレナは抱きしめていた私の身体を離すと、じっと見つめてきた。

「あ、あの……家族は私のところに来るお客様を好まないのです。仮に来られたとしても不快な思いをさせてしまうかもしれません。なので、また私のほうから会いにきてもいいですか？」

ためらいがちに尋ねると、シスターエレナは笑みを浮かべる。

「ええ。いいわ。この教会はいつでもアゼリアのことを待っているから」

「あ、ありがとうございます……」

私は泣きたい気持ちを堪えてお礼を述べた。そのとき、シスターアンジュが部屋の中へ入ってきた。彼女は私と同年齢で、まだこの教会にやってきて二年目の若いシスターだ。

「アゼリア、ちょっといいかしら？　アゼリアにぶつかったヤンが謝りたいと、ここに来ているのよ」

そんなに気にすることはないのに、わざわざ謝りに来るなんて、きっと優しい心根の子どもなのだろう。

「シスターアンジュ、その子を部屋に入れてあげてください」

「いいの？　あなた、まだ具合が悪そうだから無理しなくて大丈夫よ」

私がそう返すと、シスターエレナは心配してくれる。

「大丈夫です。その子は自分のせいで、私が鼻血を出したと思っているのですよね？　誤解を解いてあげたいのです」

「誤解？」

シスターアンジュが首をかしげる。

「はい、誤解です。その子を連れてきてください」

「ええ、わかったわ」

シスターアンジュはうなずくと、廊下で待っていた少年を連れて部屋に戻ってきた。

「あ、あの……お姉さん。ほ、本当にごめんなさい。これ……僕からのお詫びです！」

少し緊張した面持ちの少年は、私の前に一本の赤い薔薇の花を差し出した。薔薇の棘でも刺さったのだろうか。小さな手にはあちこちに引っかき傷ができており、うっすら血が滲んでいる箇所もある。

「まぁ。これを私に？　ありがとう。でも、手を怪我しているわね。大丈夫？」

薔薇の花を受け取り、少年の頭をそっと撫でながら尋ねる。

「あ、これは……お姉さんの手を傷つけないように、ひとつひとつ薔薇の棘を手で抜いたからです……」

少年は真っ赤な顔で、もじもじしながら答える。もらった薔薇は棘がひとつ残らず取り除かれていた。自分の手が傷つくのも厭《いと》わずに、私のために……彼の心遣いに胸が熱くなってしまう。

「ありがとう……とってもうれしいわ。でもあなたの手を傷つけてしまったわね？　ごめんなさい」

「そ、そんな！　とんでもないです。だ、だって僕がいきなり飛び出してしまったから、お姉さんとぶつかっちゃって。それで鼻血を出してしまったのでしょう？」

「いいえ、違うわ。あなたのせいじゃないのよ。別に今日に限ったことじゃないわ。昨日も、その前の日も出てしまっていて、最近少し鼻血が出やすくなっているだけなの」

「ほ、本当に……？」

少年は目を見開いたまま私をじっと見つめてくるので、安心させるために微笑んだ。

「ええ、本当よ。ありがとう、この薔薇大切にするわ。こんなふうに人からプレゼントをもらうなんて滅多になかったから……すごくうれしいわ」

「そ、そんなに喜んでもらえて僕もうれしいです！　お姉さん」

少年はニコニコしながら私を見た。シスターアンジュは少年に声をかける。

「さ、ヤン。もう気がすんだでしょう？　畑仕事に戻るわよ」

「はい、シスターアンジュ」

少年は返事をすると、私の目を真っ直ぐに見て手を振った。

「さよなら、お姉さん。また遊びに来てください」

「ええ。また遊びに来るわ」

そう答えて、私は教会をあとにしたのだった。


「お客様、お屋敷に到着しました。……それにしても、こんな中途半端な場所でよろしいのですか？　お屋敷の玄関までお連れいたしましょうか？」

御者が私に声をかけてきた。窓から外を眺めると、辻馬車はフレーベル家の門扉の手前で停まっている。

「いいえ、ここでいいです。降りますね」

もし屋敷の前まで辻馬車に乗ってきたところを家族に見られたら、何を言われるかわかったものではない。

以前私が屋敷の前で降りた現場を使用人に見られていたことがある。そのあと私はお父様に呼び出されて、『平民が乗る辻馬車で屋敷の敷地に入ってくるな』と頬を叩かれたのだ。

私にフレーベル家の馬車を使わせてくれないのに……そのときのことを思い出すと胸が苦しくなってくる。

「お客様？　顔色が悪いようですが、大丈夫ですか？」

その言葉で我に返ると、御者が心配そうに私を見つめていた。

「はい、大丈夫です」

馬車から降りて料金を支払うと、すぐに馬車は走り去っていった。

私は遠くに見える屋敷を眺める。すっかり夕闇が迫り、紫色の空を背にそびえ立つ邸宅。あんなに大きな屋敷なのに私の居場所はない。

「帰ってきてしまったわ……フレーベル家に」

うつむきながら、重たい足を引きずるように歩く。するとこちらに向かってくる馬の蹄《ひづめ》の音が聞こえてきた。誰か来たのだろうかと顔を上げて、私はドキリとしてしまう。

「……っ！」

その人物は馬にまたがったマルセル様だった。今までモニカたちと過ごし、これから帰るところなのだろう。

「こんばんは、マルセル様……」

そう挨拶するも、彼はいつもの冷たい目で見下ろすだけ。

今までの私だったらマルセル様に挨拶をしたあと、何かと話題を見つけて必死になって話しかけていた。たとえ無反応でも少しでも彼に近づきたかったから。しかし、そのたびに彼は冷たい視線を投げ、ひと言も言わずに私の前から去ってしまうのだった。

病気になった今となっては、心の距離をつめようと努力しても無意味となってしまった。もう無駄に話しかけるのはやめにしよう。第一、そんな気力が私には残っていない。

「それでは失礼いたします」

「おい、待て」

私がそのまま通り過ぎようとしたとき、背後から呼び止められた。

「え……？」

振り向くと、マルセル様はじっと見ている。

「今、私を呼んだのですか？」

「ああ、そうだ。お前以外にここには誰もいないだろう？」

言われてみるとその通りだが、まさかマルセル様が私を呼び止めるなんて信じられなかった。私たちの関係はある日を境に最悪になってしまった。それ以来、マルセル様が私を見る目つきは変わり、よほどの用事がない限り彼から声をかけることはなくなっていたのだ。

「申し訳ございません。ご用件はなんでしょうか？」

マルセル様の話を聞いたらすぐに部屋に戻ろう。私から彼に伝えることは何もない。無理に話しかけて冷淡な目で見られ、無愛想な返事をされるのは耐えられなかった。ただでさえ身体はもう悲鳴を上げているのに、これ以上精神的苦痛を与えられれば病気も悪化してしまいそうだ。

「若い女性がこんなに遅い時間までどこへ行っていたのだ？　もし何かあったらどうする？　大体ピアノのレッスンを途中でサボるとはどういうことだ？　ピアノ教師が夫人のところに言いに来たのだぞ？」

「そ、それは……」

違う、私は決してサボったわけではない。鼻血を出してしまい、慌てた先生が帰ってしまっただけで……

そのとき、私は気づいた。

ああ、そうだった。フレーベル家に出入りする誰もが、みな私のことをよく思っていないのだ。

体調が悪すぎて、自分の言い分をマルセル様に言うだけの気力なんてない。今は早く部屋に戻って横になりたい。いっそ彼に謝って、帰っていただこう。たとえ呆れられてしまっても、ここで叱責され続けるよりはずっといい。

「申し訳ございません」

体調が悪化してきたのか、私はだんだん立っているのも辛くなってきていた。

「チッ」

マルセル様に謝罪すると舌打ちされた。彼は先ほどよりもさらに険しい顔で私を見下ろしている。

「言い訳もないようだな。それに謝る相手は俺ではなく夫人だ。自分からピアノのレッスンを受けたいと言ったのだろう？　本当はモニカが習いたかったのに、自分だけ習わせろと言ったそうじゃないか」

今の言葉は聞き間違いだろうか？

私は自分の耳を疑った。ピアノを習いたいと言ったことは一度もない。むしろやめたいくらいなのに。なぜそんなことになっているのか、まるで見当もつかない。

思いがけない内容に唖然とする私をよそに、マルセル様は厳しい口調で続ける。

「それにお前は、モニカにピアノを教えるという約束をずっと守っていないようだな？　一度もピアノを教えてもらえていないと彼女は嘆いていたぞ」

私がモニカにピアノを……？　そんな約束など、交わした覚えはない。マルセル様の話を、足下から鳥肌が立つ思いで聞く。

「まったく……無理に習わせてもらっているピアノのレッスンを平気でサボるとは、一体どういうつもりなのだ！」

「マルセル様、私は……」

言いかけてハッとなった。彼は私をまるで敵のように憎悪の目で見つめている。きっと私が何を言っても彼は信じてくれないだろう。

「なんだ？　言いかけて途中でやめるな。気分が悪い」

マルセル様は吐き捨てるように言う。

「いいえ、なんでもありません。……まだピアノの腕に自信が持てなかったので、教えることをためらっておりました。そして本日のレッスンは気分が優れなかったので、途中で終わらせていただいたのです。そこに少し行き違いがあったかもしれません。申し訳ございません」

もうこのあたりで許してもらいたい一心で私は嘘をつき、改めて謝罪することにした。先ほどから頭がぼんやりして耳鳴りもひどくなってきている。少しでも気を抜けば意識を失ってしまいそうだ。

マルセル様は軽蔑の目で私を見ると、そのまま小さくため息をつく。そして馬を走らせ、背後から言葉を投げかけてきた。

「いくらフレーベル家がきらいだからって、嫌味ったらしく辻馬車で帰ってくるんじゃない。馬車が必要なら、フレーベル家の馬車を使えばいいだろう？　お前だってフレーベル家の人間なのだから。あまりまわりに心配をかけるな」

驚いて振り返ると、マルセル様は馬を走らせて去っていくところだった。小さくなっていく後ろ姿に私はポツリとつぶやく。

「マルセル様。私が辻馬車を使うのは……フレーベル家の馬車を使わせてもらえないからですよ……？」

思わず私の目から一筋の涙が流れ落ちた。

理不尽な境遇にどうしていいかわからない。自分が泣いていることすら情けなく、ますます涙が止まらなくなってしまう。

マルセル様の姿が完全に見えなくなるころには、辺り一面すっかり日が暮れていた。

「屋敷に帰ったら呼び出されそうね……」

本当はあの屋敷には帰りたくない。マルセル様の話では、私はピアノのレッスンを途中でサボったことになっている。きっと怒っているに違いない。

「どうか反省室にだけは入れられませんように……」

フレーベル家には、私専用の『反省室』というものがある。両親やモニカの気に障《さわ》るような失態を犯してしまった場合に反省を促すために用意された部屋だ。

部屋と呼べば聞こえはいいかもしれないけれど、実際はほぼ物置と化したとても狭い場所だった。窓は小さくて常に薄暗い。当然ベッドがあるはずもなく、冬場なら毛布、夏場は水だけ与えられて一晩中閉じ込められてしまうのだ。

子どものころは、それがどんなに恐怖だったか。当時を思い出してしまうため、二十歳になった今でも私は暗闇が怖くてたまらない。

「謝ってなんとか許しを得ないと」

こんなに体調が悪い状態で、反省室に入れられようものなら、身体がどうにかなってしまうのではないか。そう思うと恐怖でしかない。自然と足取りは重くなっていた。

屋敷の扉の前に立ち、一度深呼吸する。

「ドアを開けて、いきなり平手打ちされたらどうしよう……」

以前お母様の機嫌を損ねてしまい、有無をいわさず平手打ちされたことがあった。恐怖で私は震えながらドアレバーに触れる。

――ガチャッ!

「え……？」

その手応えに違和感を覚える。レバーがなぜか下がらないのだ。レバーを何度押しても、びくともしない。

「……嘘でしょ……」

なんてことだろう。私はフレーベル家から閉め出されてしまったのだ。いくら五月とは言え、夜は冷える。こんなところで放り出されたら、ただではすまないだろう。

何度試してもレバーは一向に下がらない。耐えきれなくなった私は無駄とは知りつつも懸命に扉を叩く。

「開けてください。お母様……モニカ……！」

ドンドンと激しくドアを叩いても、まったく反応がない。絶望的な気持ちになったそのとき、扉のすぐそばにある部屋の窓のカーテンが揺れたことに気がつく。ハッとそちらを見れば、モニカが意地悪な笑みを浮かべている。

「モニカ、お願い！　開けて！」

急いでモニカが覗いているその部屋へ駆け寄るが、無情にもカーテンは閉められる。

「お願い！　開けて！　何か気に障《さわ》ることをしたなら謝るから、どうか開けてください……」

ずるずると地面に崩れ落ちながら、無駄とは知りつつ私は助けを求める。

「お願いです……。なんでもしますから、どうか開けてください……」

いくら泣いても誰も返事をしてくれない。

私はついに諦めて立ち上がった。

怖いのだ。死ぬのは怖いけど、闇のほうがもっと怖い。少しでも明るい場所を探すために、辺りを見渡したが、唯一明るかった場所はガス燈で灯された噴水だけだった。

「噴水……あの近くなら明るいわ……」

大きな声を上げたり、扉を何度もノックしたりして私の体力は限界。

「ハァ……ハァ……」

それでも暗闇が怖かった私は、ふらつく足でなんとか噴水の前まで辿り着く。ガス灯の下で膝を抱えて座る。けれど、肌寒い夜風で吹き上げられた水しぶきが時折身体に降りかかる。

「寒い……」

身体を抱えて震えていると、徐々に意識が朦朧としてきた。

私はひょっとしてここで死んでしまうのだろうか……？　余命五か月も持たずに……？

「……死にたくない」

誰にも相手にされなくても、どれだけ冷たい態度であしらわれても、それでも私はまだ死にたくなかった。どうせなら、この世に生まれてくることができてよかったと思える瞬間を一度でもいいから味わってから死にたい。

徐々に薄れゆく意識の中、マルセル様の声がふと聞こえたような気がした。

「アゼリア、しっかりしろ……」

目を開けると、私を心配そうに覗き込むマルセル様の姿があった。

きっとこれはひとりぼっちで死にたくないという私の願望が見せた幻。もしくは神様が哀れんで見せてくれた夢なのかもしれない。でも死ぬ前に幻でもマルセル様の姿を見ることができてよかった。

そう、これは幻に違いない。だって私は彼に嫌われているから。だけど、もし本物だったなら、どうしても伝えたいことがある。

「私……初め、てお会いした……ときから、ずっと……お慕いし……ておりました」

でも、あなたが選んだ相手は私ではなく、モニカだった。ふたりが仲睦まじく寄り添う姿を見るたびに悲しみで胸が潰れそうになって、隣にいるのが私だったらと何度も叶わぬ夢をみていた。

だけど今、心配そうに大きな腕で私を抱きかかえてくれている……それだけでもう十分。

「……マ、ルセル様……」

私は余命宣告を受けています――

第三章　婚約者の事情

「少し言い過ぎたかもしれないな……」

俺――マルセル・ハイムは先ほどのアゼリアとのやりとりを思い出していた。

彼女は俺の婚約者なのに……腹立ちまぎれにきつい態度を取ってしまった。あのときのアゼリアの悲しそうな顔が頭にこびりついて離れない。しかも体調が悪そうにみえた。

戻って謝罪しようと、俺は再びフレーベル家へ向かう。五分ほど馬で駆けると門扉が見えてきた。

「チッ……、門扉を開け放したまま出てきてしまったか。……ん？」

門扉が開放されていて、敷地の庭園が丸見えになっている。

「アゼリア！」

噴水のそばで倒れている彼女を発見した。なぜあんなところに倒れている⁉

俺は驚いて馬から飛び降り、急いで彼女のもとへ駆け寄る。

「アゼリア‼」

倒れているアゼリアを抱き起こす。ガス灯の下で見る彼女の顔は紙のように真っ白で、身体は驚くほど冷え切っている。一瞬死んでしまったのではないかと思い、恐ろしくなった。

「アゼリア、しっかりしろ……アゼリア……」

抱き起こしたまま彼女の名を呼ぶと、かすかに呼吸をしていることがわかる。よかった……生きていてくれた。

「マ……マルセル……様……？」

アゼリアの目がゆっくりと開かれ、か細い声が口から洩れる。

「ああ、そうだ。俺だ、マルセルだ」

そう答えると、アゼリアの右目から一筋の涙がこぼれ落ち、俺を見つめて弱々しく笑みを浮かべた。その儚げな笑顔を見たとき、なぜか胸が鷲掴みにされるような気持ちになる。

「アゼリア……？」

しかし、再びアゼリアは瞳を閉じてしまった。

「アゼリアッ！」

このままではまずい。一刻も早く暖かい部屋で休ませようと、アゼリアを抱きかかえ急いでフレーベル家へ向かった。

「なんだ？　これは……なぜ、こんなところにアゼリアのバッグが……？」

玄関に到着したとき、地面にアゼリアのショルダーバッグが落ちていることに気がついた。バッグの中から飛び出したのか、ハンカチと小さな白い紙袋も落ちている。

「え……？」

そのハンカチを見て衝撃を受けた。まるで血のような赤い大きなシミが付いていたのだ。アゼリアを抱きかかえたままそれを拾い上げると、やはり真っ赤なシミが付いている。さらに紙袋は薬袋だった。薬袋にはアゼリアの名前と薬の名前が書かれている。

「一体どういうことだ……？」

腕の中のアゼリアを見たとき、右鼻から鼻血が流れていて俺は再びギョッとしてしまう。

「ア……アゼリア……？」

本能的に悟り、思わず後ずさる。

だめだ、フレーベル家に彼女を託すわけにはいかない。

俺はアゼリアのショルダーバッグを拾い上げると、踵《きびす》を返して愛馬のもとへ向かった。すぐにアゼリアを家に連れ帰って保護してやらなければ……！

意識のないアゼリアを背後から抱きかかえて、自宅へ馬を走らせたのだった。


「誰か！　誰かいないか!?」

屋敷へ到着し、アゼリアを抱きかかえて急いで中へ入る。慌てた様子で駆けつけた執事のクレメンスとメイドにすぐにベッドの準備を指示した。

用意ができたと報告を受け、アゼリアをそっと客室のベッドに寝かせる。

「父はいるか？」

俺の父親は医学博士の権威だ。父にアゼリアを託せば問題はすぐ解決するはずだ。

「申し訳ございません。旦那様は学会で本日はお帰りが深夜になるそうです」

「そうか、なら母を呼んできてくれ。俺がアゼリアを連れ帰ってきたと」

「はい、かしこまりました」

メイドが部屋を出ていくと、眠りについているアゼリアの髪をそっと撫でた。

「アゼリア……。明日になったらフレーベル家へ行って事情を聞いてくるからな」

真っ青な顔のアゼリアを見ていると不安になってくる。

「アゼリア……死んだりしないよな？　頼むから……」

俺は初めてアゼリアと会ったときのことを思い出す。

四年前のクリスマスパーティー。彼女が十六歳、俺が二十歳のときだった。

◆　◆　◆

この日は年に一度のイベントということもあり、女子学生たちは誰もが華やかなパーティードレスに身を包んでいた。

難関試験に合格した名門貴族だけが通うことのできるエリート校、王立アカデミー学院の大広間は華やかににぎわっている。この学院は初等部、中等部。そして高等部に、四年制の大学部と分かれている。このパーティーに参加できる学生は、高等部から大学部まで。

俺も燕尾服を着て、友人のアダムとスミスとともに酒を飲みながら楽しんでいた。すると不意に友人のアダムが何かに気づいたようで、声をかけてくる。

『おい、あそこに立っている子を見てみろよ』

『ヒュ〜ッ！　やるねぇ、あの子。まさかクリスマスパーティーで、アカデミーの制服を着てくるとはね〜。かえって目立っていいじゃないか。しかもすごく可愛い子だぞ？』

アダムが視線でその場所を示すと、スミスもそちらを見て笑った。

『クリスマスパーティーで学生服だって？』

ワインを口にしながら俺もふたりと同じほうを向くと、そこに彼女は立っていた。

『……っ！』

俺は思わず息を呑んだ。

なんて凛々しく、美しい少女なのだろう。真っ白なアカデミーの制服姿で壁を背に、ひとりでパーティー会場に佇むその姿はとても可憐だ。どんなに美麗に着飾った女子学生たちよりもはるかに人目を引いている。

『一体あの少女は誰だろう？』

アダムがワイングラスをグルグル揺らしながら首をひねる。

『う〜ん。だけどアカデミーの制服を着ているってことは、俺たちのような大学生ではないのだろう。何しろ制服があるのは高等学部までだからな』

スミスが答えるが、俺はふたりの話などどうでもよかった。なぜ制服姿でパーティーに参加しているのかは不明だが、凛とした美しい佇まいにただ見惚れていた。

『おい、マルセル。お前、ひょっとしてあの制服の少女に惚れたのか？』

アダムがにやにやしながら尋ねる。

『かもな。すごく可愛い子だしなぁ？』

スミスもからかうように絡んでくる。

……俺が惚れた？　いや、そのような感情ではない。ただ、あのどこか気高い雰囲気を放つ少女から目が離せなかっただけだ。

『別にそういうわけじゃない』

返事をしたそのとき、パーティードレス姿の母が俺たちのもとへやってきた。学者である母はアカデミーの客員教授として、古典文学を教えていた。

『マルセル、ここにいたのね』

『お久しぶりです、教授』

『ご無沙汰しております』

ふたりの友人は緊張した面持ちで母に挨拶する。

『アダム、スミス、久しぶりね。……悪いけど、息子を借りるわね。今夜、私の自慢の生徒を紹介したいのよ』

『ええ。どうぞ、俺たちはまだここで飲んでいますから』

母は俺の意見も聞かずにアダムとスミスに尋ねるが、ふたりもうなずいた。そして母に言われるまま俺はついていく。いつもならそのような真似はしないが、今回だけは別だった。

俺は興味があったのだ。母がいつも食事の席で必ず話す自慢の生徒、アゼリア・フレーベルという少女に——

彼女はその年、一番の成績で入学してきた特待生だった。高等部の入学当時から秀才として誉れ高く、しかも美人だと注目を浴びていたらしい。俺が通っている同じアカデミーの大学内でも話題に上るほどだったのだから。

さらに、家族の前でも凛とした姿勢を決して崩さない母が、アゼリアの話をするときだけは別だった。顔をほころばせ、まるで自分の娘かのごとく得意げに彼女の話をする。

そのたびに俺はそのアゼリア・フレーベルという少女に興味を持つようになっていった。

『母さん、アゼリアがどこにいるかわかるのですか？』

混雑した会場で彼女を見つけられるのか俺は不安に思い、前を歩く母に尋ねる。すると母は意味深な笑みを浮かべて振り返った。

『あら？　マルセル。私はまだ一度も名前を言っていないのに、なぜわかったのかしら？』

その言葉に自分の顔が赤く染まるのを感じた。

『そ、それは母さんがいつも食卓でアゼリアの話をしているからでしょう？』

『そうね。そういうことにしておいてあげるわ。アゼリアが待っているから行きましょう』

母は再び歩き出す。

俺は母にしてやられたような気分でおもしろくなかった。その少女がどのような面立ちをしているかは見当がつかなかったが、密かに願った。どうか、あの制服を着た少女がアゼリアでありますように……と。そして。

『あ、は、初めまして。私はアゼリア・フレーベルと申します。どうぞよろしくお願いします』

なんとアゼリアは、先ほど話してた学生服の少女だった。恥ずかしそうに挨拶をする姿は本当に可愛らしい。自然と自分の胸の鼓動が速くなる。

『そうだわ、私は他の先生のところへ挨拶しに行かないと。ちょっとふたりだけで話をしていてちょうだい』

母が思いもかけないセリフを言って、足早に立ち去っていく。あとには俺とアゼリアだけが残されてしまった。

『アゼリアさん、もし寒くなければバルコニーで話をしませんか？』

『は、はい……マ、マルセル……様……』

赤い顔で返事をするアゼリアに、つい笑みを浮かべてしまう。その顔を見られるのが気恥ずかしく背を向けると、俺たちはゆっくりバルコニーへ向かった。

『あの……その恰好……すごく似合っていますよ。みんなから注目されて居心地が悪そうに見えたから、バルコニーなら目立たないだろうと思ってここにお連れしました。それで、実際なぜ制服で参加したのですか？』

『あ！　お、おかしいですよね？　こんなの！　あ、あの……ドレスがなくて……』

慌てるアゼリアだが、俺は彼女の制服姿にとても好感を持っていた。

『ドレスがない？』

『は、はい。……それで制服で参加しました』

『そうだったのか……いずれ俺がドレスをプレゼントしてあげるよ』

困り顔で返事をするアゼリアの言葉を聞いたとき、彼女のために何かしてあげたい気持ちが込み上げてきた。気づけば、砕けた口調になっている自分がいる。

『そ、そんな……。とんでもないです。プ、プレゼントなんて……！』

『いいじゃないか。俺がアゼリアのドレス姿を見たくなったからさ』

『そ、それは……』

照れているのか、アゼリアが一歩後ろに下がったとき。

『い、痛っ！』

突然彼女は顔をしかめて、自分の足元を見た。まさか……？

『アゼリア。ひょっとして足を怪我しているのかい？』

『え……？　は、はい……実は足首をひねってしまって……』

『怪我したところを見せて。とりあえずそこのベンチに座ろう』

アゼリアは顔を赤らめながらも、怪我をした足を見せてくれた。包帯の上からでも足首が腫れているのがわかる。

『ひどいな……ちょっと失礼』

アゼリアの包帯を外し、もう一度強く巻き直す。

『とりあえず強めに巻いておけば、一時しのぎにはなるだろう』

アゼリアを見上げると、彼女はうれしそうに笑みを浮かべて俺を見つめていた。それから少しずつ俺とアゼリアは交流を深め、彼女が高等部を卒業する年に俺たちの婚約が決定したのだった。

◆　◆　◆

「マルセル、入るわよ」

眠っているアゼリアの顔をじっと見つめながら、クリスマスパーティーのことを思い出していると母が現れた。

「母さん……すみません。突然アゼリアを連れて帰ってしまって」

「それは全然かまわないのよ。アゼリアは将来義理の娘になるのだから」

母は足早にアゼリアが眠るベッドに近づき……悲痛な声を上げた。

「ア……アゼリア⁉　何があったというの？　こんなに痩せて、顔色も青白くなって……一体、あの家族は……いいえ、お前は今まで何をやっていたの⁉」

「そ、それは……」

母は俺に怒りをぶつけ睨む。俺は何も返す言葉がなかった。こんな状態になるまで彼女を放置していたのだから怒るのは無理もない。

「アゼリア、かわいそうに……身体が冷たいわ。唇も色を失っているし……ひょっとして手紙の返事がなかったのも、具合が悪くて寝込んでいたからかしら？」

母はアゼリアのそばに座ると、そっとその頬に触れた。

「アゼリアは寝込んでなどいませんでしたよ」

「どういうことなの？　いえ、今はそれよりも先にアゼリアの容態が心配だわ。もうこんな時間だからお医者様は診てくれないわよね？」

母はアゼリアの手を握りしめ、壁にかけてある時計を見た。時刻はすでに二十時を過ぎている。

我が家は父が有名な医者ということもあり、専属の主治医はいなかった。そして、その父も今は不在である。

「父さんを待つしかありませんね。深夜には帰ってくるのでしょう？」

「先ほど電話があったのよ。蒸気船にトラブルがあって、今夜中に出港できなくなったって」

そんな……父だけが頼りだったのに……

そのとき、ふと思い出した。

「そうだ……薬だ。アゼリアは薬を持っています！」

椅子の上に置いたアゼリアのバッグから薬袋を取り出す。

「薬を持ち歩いていたなんて……やはりアゼリアはずっと具合が悪かったのね。薬袋に診療所の名前と住所がスタンプされているわ。マルセル、すぐにこの診療所へ向かいなさい！」

「わかりました。すぐに向かいます！」

俺は薬袋を握りしめて部屋を飛び出すと、馬繋場《ばけいじょう》へ駆け足で向かった。

それから約二十分後。馬車が薬袋に書かれてある診療所へ到着した。

「マルセル様、到着いたしました」

「ありがとう。ここで待っていてくれ」

そこはメインストリート沿いに面した一角にあった。

この石造りの建物が診療所だろうか？　外から窓を覗き込んでみても真っ暗である。建物の裏手に回ってみると、窓から明かりが漏れている部屋があり、ちょうど勝手口もあった。アゼリアを一刻も早く診てもらうことしか念頭になかった俺は少々非礼だとは思ったが、扉をノックした。

――ドンドンドンッ!!

「どちら様ですか？」

「夜分にすみません。急患です！」

俺はドア越しに大声で叫んだ。

「え？　急患⁉」

扉が開かれ面立ちのいい青年が現れた。この男がアゼリアの主治医だと思うと、なぜかあまりいい気がしないけれど、今はそれどころではない。俺は複雑な気持ちを押し込める。

「すみません。アゼリア・フレーベルという女性をご存じですか？」

「ええ、もちろんです。彼女は僕の患者ですから……もしかして彼女に何かあったのですか⁉」

「はい、実は今意識がなく、我が家のベッドで眠っているのです。往診をお願いできないでしょうか？」

「ええ、もちろんです。五分で準備しますのでお待ちください」

「ありがとうございます。よかった……本当になんとお礼を申し上げればいいか、感謝の言葉もありません。それではすぐ近くに馬車を待たせていますので、先に行って待っています」

馬車へ戻ると、ほどなくして医師がボストンバッグを持って現れた。

「すみません、お待たせいたしました」

アゼリアの主治医の名前は、ヨハンと言った。

「いいえ、ではすぐに行きましょう」

馬車が走り出すと、早速アゼリアについて彼に尋ねる。

「先生、一体彼女はなんの病気なのですか？」

「それよりもあなたはアゼリアさんの家族なのですか？」

彼の厳しい表情に俺は思わずたじろいでしまう。

「い、いいえ。違います。婚約者です」

「婚約者!?　……ふざけないでください！　あなたは今まで何をされていたのですか？　婚約者なら、なぜもっと彼女を気遣ってあげなかったのですか！」

責められるのは当然だった。

医師の言う通り、今までアゼリアを蔑《ないがし》ろにしていたのは認める。多少なりとも注意を受けるだろうとは覚悟していたが、まさかそこまで怒鳴られるとは思ってもいなかった。

ひょっとしてこの医師はアゼリアに特別な気持ちを抱いているのではないだろうか。

いや、何馬鹿なことを俺は考えているのだ？　今優先すべきはアゼリアじゃないか。

湧きあがる疑念の気持ちを無理やり押さえつけ、心の中で自分を叱責する。

「返す言葉もありません……それで彼女の病名は……？」

「それについてはお答えできかねます。私には守秘義務があります。あなたは婚約者という立場だけで、家族ではありません。どうしても知りたいのであれば、アゼリアさんの意識が戻ってから本人に尋ねるか、病気を公表してもいいと彼女から許可を得られればお話しいたします」

守秘義務……そうだった。たしかに父は家では患者の話をしたことは一度もなかった。気が動転してそんなことすら忘れていたなんて。

　情けないことに俺は何も言うことができなかった。


　屋敷に戻ると、俺はすぐに彼女の眠る部屋へ案内する。

「アゼリアさん！」

　ヨハン先生は顔色を変えてアゼリアのもとへ駆けつけると、俺と母を交互に見た。

「すみませんが、今から診察をするので部屋から出ていってください」

「わかりました。行くわよ、マルセル」

「いや、しかし……」

　この若い医師とアゼリアをふたりきりにするのか？　彼はなぜか俺を敵視しているようにも感じられる。もしかして特別な感情を彼女に寄せているのではないだろうか？

「何をしているのですか？　診察の妨げになるので退出願います」

「わかりました。出ていきます」

　俺がためらっているとヨハン先生に厳しい口調で注意され、仕方なしに母と一緒に部屋を出る。

　それから俺と母は無言のままアゼリアの眠る部屋の前で待つ。不安な気持ちを抱えて待つということを、これほど苦痛に感じたことは今までなかった。

　アゼリアは無事なのだろうか？　仮にこのまま彼女が目覚めなかったら、俺はどうしたらいいのだろう。

噴水の前で倒れていたアゼリアを発見したとき、ショックで心臓が止まりそうになった。そのときにようやく自覚した。俺にとってアゼリアは大切な女性なのだと……もう俺はアゼリアを見放さない。彼女は俺の婚約者なのだから。

何度目かのため息をついたとき、ヨハン先生が部屋から出てきた。

「先生！　アゼリアは無事なのですか⁉」

真っ先に母が駆け寄る。

「はい。出血しやすくなっていたので、ひとまず血を止める注射をしておきました。丸一日は目が覚めないかもしれません。目が覚めたら、栄養のある食事を食べさせてください」

「はい、わかりました。その通りにいたします」

母は何度も何度も頭を下げてヨハン先生に礼を述べた。

「では私はこれで帰ります」

俺に対しヨハン先生が静かに怒っていることがひしひしと伝わってくる。

「夜分に往診していただき、ありがとうございます。あの、ヨハン先生」

「なんでしょうか？」

「アゼリアは必ず俺が守ります」

もう二度と辛い思いや、悲しませるような真似はさせるものか。

「ええ。よろしくお願いしますね」

このとき初めてヨハン先生は少しだけ笑みを浮かべて俺を見た。それから彼を見送りアゼリアの眠る部屋に戻ったときには、二十一時半になろうとしていた。

母は彼女のベッドのそばに椅子を寄せて座っている。

「マルセル、今夜はもう下がっていいわ。アゼリアは私が見ているから」

「そうですか。ではお言葉に甘えて失礼させていただきます。実は明日、フレーベル家に話をしに行こうと思っていたので。あの家族……許せません。なぜ具合の悪いアゼリアを閉め出したのか、問いつめてきます」

「わかったわ。よろしく頼むわね」

「はい、任せてください」

俺はそう言って拳を握りしめたのだった。


そして翌日、俺はフレーベル家へ向かった。応接間に通されると、すでに夫人とモニカが待ち受けていた。

「マルセル様！　今朝もいらっしゃったのですね⁉」

モニカのキンキン声が居間に響き渡り、思わず顔をしかめてしまう。

「マルセル様、すぐにお茶の用意をさせますね」

夫人は満面の笑みを浮かべている。このふたりは俺が何をしにここへやってきたのかまったく理解していないようだ。

「いえ、結構です。私が今日ここに来たのはアゼリアの――」

「まあ。アゼリアなら、もうすでに経済学の授業を受けておりますよ」

今なんと言ったのだ？　夫人の言葉を聞いて、俺は思わず耳を疑ってしまった。

「そうなのですよ、マルセル様。お姉様は特に経済学の授業が大好きで、途中で邪魔されるとヒステリーを起こしますの。ですから授業が終わるまでは、どうぞお茶でも飲んでお待ちください」

モニカが一気にまくしたてる。その様子はまるでアゼリアに関する質問をごまかすように思えてならなかった。なるほど……そちらがそんな態度を取るなら……

「わかりました。ではアゼリアの授業が終わるまで待たせていただきましょう」

「本当ですか？」

「ありがとうございます」

その様子を見て、彼女たちは今までずっと俺に嘘をついていたのだと確信した。

どういうつもりで俺を引き留めたのかは知らないが、ここは騙されたふりをして様子を探ろう。

そんなことを考えていると、モニカがガラスポットに入ったクッキーを勧めてきた。

「マルセル様。どうぞ私の作ったクッキーを食べてください。私、最近クッキー作りに目覚めましたの」

「ええ、いただきましょう」

本当はクッキーなど好きではないが、彼女たちを油断させるためにクッキーを口に入れる。

「どうですか？」

「え、ええ。おいしいですよ」

どうやってこのふたりの嘘を暴こうかと思案する。そして、ついにその瞬間がやってきた。

不意に扉がノックされたのだ。

「どうぞ」

メイドだと思ったのだろう。夫人は誰なのか尋ねず、部屋に入るように声をかけた。

「失礼いたします」

「あ……あなたは！」

小太りで髪の薄いスーツ姿の中年男性が現れると同時に、夫人が真っ青な顔でソファから立ち上がった。隣にいるモニカの顔も青ざめている。

「奥様、どういうことですか？　学習室でアゼリアさんをずっと待っておりましたが、いつまで経っても一向に現れません。彼女がいなくても、本日分の授業料はいただきますよ」

「な、なんですって！　だいたい今日アゼリアはいないと電話で伝えたはずよ、メイドに頼んでおいたのだから！」

夫人は俺にアゼリアは授業中だと話したことを忘れているのだろうか？　矛盾に気づいた様子は

まったくなく、なんて愚かなのだろうと呆れてしまう。

一方、彼も夫人の発言に負けてはいなかった。

「いいえ。私はうかがっておりません。メイドが連絡に手を抜いたのではありませんか？　とにかくアゼリアさんの部屋へ行っても姿が見えませんでした。もしやまだ寝ているのかと思い、ベッドの中を覗いても、彼女はいませんでしたよ」

「な、なんだって……？　あなたは勝手に人の婚約者の部屋を覗き見たのですか⁉」

未婚で若い女性……しかも俺の婚約者に……‼　俺は驚きと同時に、激しい怒りが湧き起こり目の前にいる憎き教師を睨んだ。

「ヒッ！　な、なんで私だけ責めるのですか⁉　みんな同じようにしていましたよ。メイドだってフットマンだって勝手にアゼリアさんの部屋に入っては、彼女のものをわざと壊したり、ノートを破いたりしていたのですからね」

教師は情けない悲鳴を上げつつ、まるで開き直るかのような態度を取る。

「アゼリアはフレーベル家の令嬢でありながら……ここの使用人たちにそんなひどい目に遭わされていたのか⁉」

耳を疑ってしまう内容に、俺の身体は怒りで震えた。

「ええ、そうですよ。アゼリアさんの部屋に証拠が残されています。もしよろしければ、今から一緒に見に行きましょうか？」

失礼な物言いの教師に強い眼差しを向けると、彼は気まずそうに視線を逸らす。

「お黙りなさい。余計なことを話すのはおよしなさい！」

教師の発言を聞いた夫人は焦ったように叫ぶ。一方、モニカはシクシク泣いている。なぜお前が泣く!? 泣きたかったのは……アゼリアのほうだろう!?

俺はふたりを無視して扉を見ると、そこには震えるメイドがいた。

「そこの君、今すぐアゼリアの部屋へ案内してくれ」

声をかけるとメイドは驚いて声が出ないのか無言でうなずく。すると、夫人が突如走り出して扉の前に立ち塞がった。

「だめです。行かせません！」

「お願いです、マルセル様！ 聞いてください。すべて誤解なのです」

モニカも俺に駆け寄り、左袖を掴む。

「この期に及んで何が誤解だというのですか？」

「姉はかんしゃく持ちなのです。気に入らないことがあると、自分のものを壊してメイドや私たちのせいにするのです。そうですよね？ お母様」

モニカが夫人に目配せするのを俺は見逃さなかった。

「え、ええ。そうです。この教師が苦し紛れについた嘘なのですよ」

「何が嘘なのです。いいかげんなことを言わないでください！」

夫人に指をさされ、顔を真っ赤にさせる教師。

俺はもう我慢の限界だった。これでは埒《らち》が明《あ》かない。

「いい加減にしろ。問題はそんなことではない。なぜアゼリアがいないのに、平気で嘘をつくのでしょうか⁉　使用人たちが嫌がらせをしていたのは、ふたりがアゼリアにひどいことをしていたからではないのですか⁉　そこの教師にしたって全員同じだ！」

ついに俺は大声で叫んだ。三人の肩がビクリと跳ねて、怯えた視線でこちらを見る。

「マ、マルセル様……？」

モニカは俺を見て真っ青になり、目には涙を浮かべて震えている。

「マルセル様、そんなに大声を出さないでください！　モニカが怖がっているではありませんか」

夫人は震えるモニカに駆け寄り、抱きしめると俺に抗議してきた。

おそらくこの箱入り娘は甘やかされ、怒鳴られることもなく育ってきたのだろう。

「グスッ……お母様……」

モニカは夫人にしがみついて泣いている。震えながら抱き合う夫人たちに冷たい視線を向けると、彼女たちは明らかに怯えた目でこちらを見る。そんなふたりに吐き捨てるように告げた。

「先ほど言いかけたことをお話ししましょう。アゼリアなら我が家で預かっていますよ」

もう長居は無用だ。アゼリアの部屋の様子だけ確認してから屋敷に帰ろう。

「な、なんですって……？」

夫人の顔が真っ青になる。

「あなた方がアゼリアを昨夜閉め出したのでしょう？　噴水前で倒れていましたよ。玄関に自分のバッグを残して。……五月とはいえ夜は冷えて寒いのに……かわいそうに……アゼリアはあんな薄着のまま……」

その光景を思い出し、俺はいつしか涙を浮かべてしまっていた。

「そ、それは……あの子が門限を破ったからですよ」

この期に及んで、まだ夫人は自分の非を認めないのか!?

「いい加減にしてください!!」

夫人は真っ青な顔で立ち尽くす。モニカは再び激しくすすり泣くが、その泣き声ですら神経を逆撫でされる。あの教師はどさくさに紛れて逃げていた。

「二度と……アゼリアがこの屋敷に来ることはない」

それだけ告げると、メイドに声をかける。

「君、案内しろ」

メイドは言葉をなくしたままうなずいた。彼女の案内でアゼリアの部屋の近くまで行くと、ものすごい騒ぎ声が聞こえてくる。

「やめて！　やめてください！」

俺が駆け足で部屋に向かうと、ひとりだけ違うメイド服を着た若い女性が三人のメイドに嫌がらせを受けていた。

「何よ、余所者のメイドのくせに」

「あら、あの女。こんなところにアクセサリーを隠していたのね～」

ひとりはアゼリアのものと思われるノートを破り、別のメイドはどこから見つけたのかアクセサリーを手にしている。そのアクセサリーには見覚えがあった。あれは俺がアゼリアに出会って間もないころ……初めて彼女にプレゼントしたものだ。

「また食べ物を買い込んできたの？　さっさと飢え死にさせちゃえばいいのに！」

別のメイドはリュックからパンを取り出すと踏みつけた。

「やめて、アゼリア様の食事なのよ。そんなことしないで！」

嫌がらせを受けていた女性の言葉を聞いて俺は衝撃を受ける。な、なんだって……!?

「おい！　やめろ!!」

部屋の中に飛び込んだ俺を見て、メイドたちの顔色が変わった。

「あ……！」

「マ、マルセル様……」

「これは……そ、その……」

俺は三人を無視し、床にうずくまり泣きじゃくっているメイドのそばに駆け寄ると声をかけた。

「君、大丈夫だったか？」

「あ、あなたは……？」

まだ幼さの残る少女は、涙で顔を真っ赤にさせながら俺を見た。

「俺はアゼリアの婚約者だ。かわいそうに……いつもこんな目に遭わされていたのか？」

頭を撫でると、再び少女の目には大粒の涙が浮かび、彼女はコクリとうなずく。なんて気の毒なのだ……

「お前ら……一体どういうつもりだ？　答えろ!!」

なぜここまでひどいことを平気でするのか理解できない。すっかり怯えているのか、ひとりのメイドが震えながら口を開く。

「そ、それは……お、奥様とモニカ様に命じられて……」

「なんだって!?　それは……本当の話か？」

ドスの効いた声で尋ねる。

「う、嘘じゃありません！」

「私たちは命じられた通りにしただけです！　奥様とモニカ様に、アゼリア様の悲しむ顔が見たいからと……」

なんてことだ……どこまでアゼリアを追いつめれば気がすむ？　彼女になんの非があるというのだ？

フレーベル家の醜く歪んだ心がおぞましすぎて、吐き気すら込み上げてくる。

「お前ら、さっさとこの部屋から出ていけ！」

我慢の限界に達した俺は怒鳴りつけた。

これ以上……アゼリアやこのメイドを踏みにじらせてなるものか。するとメイドたちは悲鳴を上げながら走り去っていく。そして残されたのは、俺といじめられていた気の毒なメイド。

「君、名はなんという？」

「は、はい。ケリーと申します。アゼリア様に個人的に雇われたメイドです」

その瞬間、俺は理解した。アゼリアは使用人たちから見捨てられ、誰ひとり彼女の世話をする者がいなかったことを。それどころか……

「ケリー。君がアゼリアの食事を用意していたのか？」

踏みつけられたパンを見つめた。

「そうです。フレーベル家では誰もアゼリア様の食事を用意しません。私が代わりに町で食事を買っていました。本当は温かいお料理を用意したいのですが、フレーベル家の人たちは厨房すら……っ、使わせてくれなくて……」

再びケリーの目に涙がたまる。

「そうだったのか……ありがとう、ケリー。アゼリアを助けてくれて……」

こんなにひどい環境に置かれていても、アゼリアには味方がいたのか。俺なんかよりもずっと信頼できる……罪悪感で思わず胸がズキリと痛む。

「いいえ！　むしろ助けていただいたのは私のほうです！」

「え……それはどういうことだ？　いや、その前にケリー。アゼリアはもうここには帰ってこない。これから君はどうする、アゼリアに会いたいか？」

「はい、もちろんです。私はアゼリア様のメイドですから」

「そうか、わかった。よし、では行こう。新しい働き場所へ」

「は……はいっ！」

ケリーは涙を拭うと笑顔で答える。そして俺はケリーを連れてフレーベル家をあとにした。

アゼリア、もう目が覚めただろうか？　目が覚めたら、伝えたいことがある。今まで何も知らずに誤解して冷たい態度を取ってしまったことへの謝罪。そしてこれからは俺がお前を守ってやるということを。

俺は心の中でそうつぶやきながら、覚悟を決めたのだった。

第四章　私の決断と記憶の中の彼

「アゼリア様……目を開けてください……アゼリア様……」

胸が苦しくなるような切ない泣き声が聞こえてくる。誰かが私のために泣いてくれている。

こんな寂しい世界でも、私を思って悲しんでくれている人がいるの……？　ああ、お願い。どうか私なんかのためにそんなに泣かないで。……目を開けなくちゃ、これ以上この人を悲しませるわけには……

重い瞼《まぶた》を開けた途端、聞き慣れた声がすぐそばで聞こえた。

「アゼリア様⁉」

声が聞こえた方向に視線を動かすと、そこには泣きはらした目のケリーが私を覗き込んでいた。

「ケ、ケリー……？」

「そうです。私です。ケリーです」

ケリーは私の右手を握りしめる。その手はとても温かい。

「私……死んだわけじゃなかったのね……？」

「何をおっしゃっているのですか！　じょ、冗談でもそんなこと……口にしないでください。

私……アゼリア様がいなくなったら……本当にひとりぼっちになってしまいます」

ケリーは涙を浮かべ、握りしめるその手に力が加わる。

「そうだったわね、ケリー。私にはあなたがいたわ。ありがとう、私のそばにいてくれて……」

「アゼリア様……」

「ケリー。ここは一体どこなのかしら？　私……たしか、噴水の前で意識を失ったのは覚えているのだけど……」

見覚えのない部屋だった。

ベージュの天井も白い壁もまったく馴染みがない。ベッドも私が普段使用しているものとは違ってとても寝心地がいいし、かけてあるキルトも上質なもの。

さらに不思議なのはいつの間に着替えたのか、普段から寝るときに着ているネグリジェを着ている。

「アゼリア様、ここはマルセル様のお宅ですよ。倒れていたアゼリア様を助けてご自宅に連れ帰ってくださったのです」

ケリーの言葉に私は耳を疑った。意識を失う直前にマルセル様を見たような気もするが、あれは……幻だと思っていた。

「フレーベル家を再び訪ねてこられたマルセル様にアゼリア様がこちらにいるので一緒に来ないかと誘われたので、お言葉に甘えることにしました。今アゼリア様がお召しの寝間着は、私がこちらのお屋敷に持ち込んで、着替えさせていただきました」

「そんな……あれは夢ではなかったなんて……でもなぜマルセル様は私をこのお屋敷へ連れてきてくれたのかしら？」

「ご本人から直接お話を聞いたほうがいいと思います。今、呼んでまいりますね」

「ま、待って。だめよ。ケリー」

立ち上がったケリーを私は慌てて引き留める。

「なぜですか？」

「だって私……寝間着姿なのよ？　こんなだらしない姿をマルセル様にお見せできないわ。彼は……きちんとした人だから……」

彼が眉をひそめて私を見る姿を想像すると怖かった。

「マルセル様は決してそんなふうには思いませんよ。とても愛情深い方に見えますけど？」

「え……？　そんな、まさか……」

マルセル様はいつも冷たい視線で私を見つめていた。

初めて出会ったときはそうではなかったのに、二年前に婚約が決定したときから彼は変わってしまったのだ。私が忙しくなったのも、ちょうどマルセル様との婚約が決まったときから。勉強やピアノ、マナーのレッスンなどで朝から夕方まで予定がびっしり埋め尽くされてしまった。当然マルセル様と会う時間はまったくなくなってしまい……気づけば、ふたりの間にはどうしようもない溝がうまれてしまっていた。でも彼はケリーにはとても優しいのかもしれない。

「わかりました。では何か羽織るものでもお持ちしましょうか？」

「ええ、お願いできるかしら。ちゃんと起きてお招きしたいの」

「はい、お手伝いいたしましょうか？」

「多分大丈夫、ひとりで起き上がれると思うわ」

ベッドの上で肘をついてなんとかひとりで起き上がると、身体を支えられるようにとケリーが私の背後に大きなクッションを当ててくれた。そして、チェック柄のストールを持ってきてくれる。

「どうぞ。アゼリア様」

「ありがとう。それではマルセル様をお願いできる？　大事なお話があるから」

「はい、すぐに呼んでまいりますね」

ケリーが出ていったあと、改めて部屋の中を見渡した。

今まで何度かマルセル様のお宅にうかがったことはあるけれども、ここは見たことがない。壁には大きな風景画が飾られ、部屋に置かれた家具も落ち着いた色合いだ。

「先生の趣味かしら……とても感じのよいお部屋だわ」

「アゼリア！」

名前を呼ばれ驚いて顔を上げると、荒い息を吐いてこちらを見るマルセル様がいる。髪は乱れ、目を見開いている彼はいつもとまるで様子が違っていた。

「マルセル様……」

「アゼリア。俺は……」

マルセル様が大股でズカズカとこちらに近づいてきた。

怒っているのだろうか？　何か言われる前に先に謝ってしまおうと私は口を開く。

「マルセル様にご迷惑をおかけしてしまい、大変申し訳ございませんでした。もう目が覚めましたので、すぐにケリーと一緒においとまさせていただきます。準備がありますので、三十分ほどお時間をいただけないでしょうか？」

「アゼリア……。お前、何を言っている？」

その発言に私は思わずうつむいてしまう。図々しい人間だと思われてしまっただろうか？　私は恐る恐る返事をした。

「あ、あの……できるだけ急いで帰り仕度《じたく》をしますので……」

「アゼリア、顔を上げろ」

「は、はい……」

そろそろと顔を上げると、マルセル様は今までに見たことがないような表情を浮かべていた。その表情はどこか苦しんでいるようにも見える。

「一体どこに帰るつもりだ？」

「帰るって……フレーベル家にですが……？」

マルセルの質問の意図がよくわからない。どんなにいやでも私が帰る場所は、あの屋敷しかないのだ。

「帰らなくていい。お前はもうあの屋敷に戻る必要はないんだよ」

そうだ、私はあの屋敷から閉め出されてしまった。そして真っ暗な場所が怖くて、ガス灯がともる噴水まで行き……気を失ってしまった。

倒れる直前のことを思い出すと同時に、ひどくいやな予感がして思わずキルトを握る手が震えてしまう。

「わ、私は……もう、フレーベル家から捨てられたのですね……」

この先、私はどうやって生きていけばいいのだろう？　余命はおそらくあと五か月。こんないつ倒れるかわからない弱った身体を抱えて……

「違う。そうじゃない！」

マルセル様が声を荒らげた。私は身のすくむような思いがして目を閉じると、マルセル様が息を呑む気配を感じた。恐る恐る目を開けると、そこにはなぜか傷ついたような表情の彼の姿があった。

「アゼリア……俺のことが怖いのか……？　ハハハ……そうだよな……よくよく考えてみれば、お前に怖がられても仕方がないよな」

マルセル様が乾いた笑いをひとつこぼす。

もしかして私の今の態度は、彼を傷つけてしまったのだろうか？　そう思うと、途端に罪悪感が込み上げてきた。何か言わなくてはと思ったとき、凛とした声が室内に響きわたる。

「アゼリア、目が覚めたのね。本当によかったわ」

部屋の中に入ってきたのは、私の恩師であるマルセル様のお母様だった。彼女は私の数少ない理解者であり、親切にしてくださるひとりだ。先生はそばに置かれた椅子に座ると、私の手を取り髪を撫でてくれる。その手はとても優しい。

「ありがとうございます、先生……」

「だいぶ顔色がよくなったわね。マルセル、すぐに厨房へ行ってアゼリアの食事を持ってきてちょうだい」

「はい、わかりました」

先生の発言にマルセル様は素直にうなずくが、私は慌ててそれを制止する。

「い、いえ。マルセル様に食事を運ばせるなんて……！　そのような真似はさせられません。そうだわ、ケリーをお願いします」

「ケリーは今、お前の部屋の準備をしている。俺が持ってくるから待っていてくれないか？」

マルセル様はそう言い残して、出ていってしまった。

「あ、あの、先生……」

「いいのよ。それくらい。マルセルにはこれからアゼリアのために罪滅ぼしをしてもらうのだから」

先生はニコリと笑みを浮かべた。

なぜマルセル様が私に罪滅ぼしをするのだろうと疑問が浮かぶ。私が意識を失っている間に一体何があったのだろう。


——コンコン。


「奥様、旦那様からお電話が入っております」

開け放たれたドアの外で、ひとりのメイドが立っている。

「そう、やっと連絡が取れたのね！　アゼリア、マルセルが食事を届けたら食べさせてもらいなさい。それじゃ、またあとでね」

「え？　た、食べさせて？」

先生はなんてことを言うのだろう。驚くが、先生はすぐに部屋を出ていってしまった。

ひとり残された部屋で、ベッドに横たわりながら窓の外の景色をぼんやりと眺める。太陽の光が庭の木の間から漏れ、キラキラと煌めく様子はとてもきれいだ。

「……アゼリア。大丈夫か？」

「キャアッ！」

美しい外の様子に目を奪われ、マルセル様が近づいてきたことにまったく気がつかなかった。すぐそばで彼の声が聞こえ、私は悲鳴を上げてキルトを頭から被ってしまった。そのままの状態で背を向けると、彼が声をかけてくる。

「す、すまない。まさかそんなに驚くとは思わなかった。心配になってつい覗き込んでしまって……本当に悪かった」

いつも会えば冷たい目で私を見ていたのに、マルセル様が私のことを心配するなんて……

マルセル様の発言に戸惑いを隠せない。けれど頭の中で、ケリーの言葉が蘇ってくる。

『とても愛情深い方に見えますけど?』

ケリーは嘘をつける子ではない。ということは、本当にマルセル様は私を心配してくれていたのだろうか? 私はゆっくりキルトから頭を出す。

「いいえ……心配していただき、ありがとうございます」

ベッドのそばにワゴンが置かれ、湯気の立つ料理がのっていることに気づく。

「お腹が空いているだろう? 今起こしてやるから」

不意にマルセル様が私の肩に触れてきた。驚きのあまり肩が跳ねると、マルセル様が悲しげな表情で謝る。

「悪かった。その……怖がらせるつもりはなかった、ひとりで起きるのが辛いなら手を貸そうかと思ったのだが……」

「いいえ。大丈夫です。先ほどもひとりで起き上がれましたので」

私はうつむきながら話す。マルセル様と手を繋いだことすらないのに、起こすのを手伝ってもらうなんて、そんなことしてもらうわけにはいかない。私は先ほどと同じように肘をついて身を起こし、背中にクッションをあてた。

「アゼリア、それじゃ食事にしよう」

マルセル様はそう言うと、ベッドトレイを広げて湯気の立つ温かい料理を並べてくれる。野菜のポタージュに、ミルク粥、それにプディングが並べられた。どれも出来立てで、とてもおいしそうだった。久しぶりの温かい料理に、私は思わず目に涙が浮かんでしまう。

「どうした？　どこか具合でも悪いのか？」

私が涙ぐんだのを見てマルセル様が声をかけてきた。

「い、いいえ……違います。久しぶりに温かいお料理を食べることができてうれしくて……本当にありがとうございます」

目尻に滲んだ涙を拭って私は礼を述べた。こんなことを言うのは情けないと思われるかもしれないけれど、この感動を伝えたかった。その相手がたとえマルセル様でも。

この二年間、どんなに寒くても温かい料理を食べることができなかった。家族は私が食事を用意してもらえないのを黙認していたのだ。そのうえ厨房も使わせてもらえず、両親からは貴族令嬢たるもの絶対に町の食堂に入って食事をするなときつく命じられていた。だから私はケリーにお願いして食事を買ってきてもらっていたのだ。

「やめてくれ。俺は……お前に礼を言われるような人間じゃないから。冷めないうちに食べるといい……」

マルセル様が私から視線を逸らす。

「では、いただきます……」

「ああ、そうだった。俺が食べさせてやる。どれから食べたい？」

マルセル様は私をじっと見つめている。驚いたことに、本気で私に食べさせようと思っているらしい。

「あの、申し訳ございませんが私の食事の間……席を外していただけないでしょうか？　あまり食事をしている姿は……その、恥ずかしくて見られたくないのです……」

男の人の見ている前で食事をするのは気恥ずかしい。私は自分の頬が赤くなるのを感じながらマルセル様にお願いする。

「そうだったのか？　気が利かなくてすまなかった。それで、三十分くらいで食事は終わりそうか？」

「はい、おそらくは」

「ならあとでまた来る」

マルセル様はそれだけ言うと大股で部屋から去り、ようやく私は肩の力を抜いた。やはり彼と会話するのはとても緊張する。

だけどこれでやっと落ち着いて食べることができる。

「おいしそう……ありがとうございます。先生、マルセル様」

早速スプーンを手に取り、ミルク粥を口に運んだ。

「おいしい……」

ほんのりとお砂糖の甘みがするミルク粥は、ほっとする味だった。野菜のポタージュの緑はエンドウ豆かもしれない。とろみがついたポタージュは身体が元気になる気がする。そして最後にプディング。スイーツなんて私には贅沢《ぜいたく》な食べ物だった。少なくとも二年前までは食事だけは普通に食べさせてもらえていたのに。

「ゆっくり味わって食事ができるって……こんなにも幸せなものだったのね……」

真心の込められた食事を口にしていると、今まで諦めていた願いを叶えたくなってきた。

……どうせあと五か月しか生きられないなら。もし許されるなら、残りの人生を悔いのないように生きたい。何者にも脅かされない穏やかな生活。おいしい食事をいただく……お気に入りの本を見つけて時間の許す限り読むのもいいかもしれない。

この世に生まれてよかった。幸せだったと最期の瞬間に思えるような生き方をしたい。

そう強く願わずにはいられなかった。そのためにも、まず私がやらなければいけないことは——

ちょうど三十分が経ったあと、部屋の扉がノックされた。

「どうぞ」

声をかけると、扉が開かれ姿を現したのはマルセル様だった。

「食事はすんだか？」

「はい、どれも大変おいしくて味わっていただきました。なんだか元気になれた気がします。本当にありがとうございました」

「それならよかった」

マルセル様は椅子に座ると笑みを浮かべて私を見た。見間違いだろうか？　私は思わず、じっと彼を見つめ……目が合ってしまい、気恥ずかしくて慌てて視線を逸らした。

「どうかしたか？」

「い、いえ。なんでもありません」

「そうか。……少しいいか？　アゼリアに大事な話があるのだ」

マルセル様はそう言うと、真剣な表情になる。

「そうなのですね？　実は私もマルセル様に大事なお話があるのです」

「それならお前の話から先に聞こう」

マルセル様が身を乗り出してきた。

「よろしいのですか？」

「ああ、もちろんだ。お前の望みなら、なんだって叶えてやろうと思っているから」

「……そうですか。あの、先生は今どうされていますか？　先生にも聞いていただきたいと思っているのです」

「母なら一時間ほど仮眠を取ると言って眠っているところだ。大事な話というのは母についてのことか？」

「いえ、そうではありません。……ひょっとすると先生が仮眠を取られているのは私のせいですか？」

先生はいつも私のことをとても気にかけてくださっている。もしかすると私が気を失ったまま、マルセル様に連れてこられたので、心配のあまり眠れなかったのではないだろうか？

「大丈夫、そんなことはない。アゼリアは何も気にしなくていいからな？」

マルセル様は否定するけれども、私が迷惑をかけていることに変わりはない。しかもこの先、もっと迷惑をかけてしまうことになるはず。だからこそ、なおさら伝えなくては。

「マルセル様……お願いがあります」

声と身体が強張る。強い緊張感が大きな波となってこみ上げてきた。

「ああ、なんだ？」

私は余命宣告されたときからずっと考えていた、自分の望みをマルセル様に伝える。

「マルセル様のほうから……私との婚約を破棄してください」

どうせもう長くはない私の命。マルセル様が婚約を破棄してくれれば、彼を自由にしてあげられる。それに両親もモニカも私が捨てられることを望んでいるはずだ。

今まで散々ふたりの仲睦まじい姿をこの目で見てきた。養女で出自のわからない私よりもモニカのほうが立場的にマルセル様とお似合いだ。

クリスマスパーティーでマルセル様を先生から紹介された瞬間に、私は彼に惹かれてしまってい
た。知的な瞳に礼儀正しい姿、私よりも四歳年上で頼りになりそうなところ。この人なら私をあの
屋敷での辛い生活から救ってくれるだろうと勝手に勘違いしてしまったのだ。

「アゼリア……お前、本気でそんなこと言っているのか？　しかも婚約解消ではなく、俺から破棄
してもらいたいと？」

マルセル様が唇を震わせた。顔は真っ青になっている。

「はい、そうです」

婚約を破棄されれば、私はこのままフレーベル家から追い出されるだろう。私さえいなければ、
モニカはマルセル様と婚約できるかもしれない。

もしそうなったら、私はこの世に未練を残さないためにも残り少ない時間を自由に生きよう。

「なぜそんなことを言い出すのだ？　お前は俺のことが……いや……なんでもない」

マルセル様は視線を逸らしてしまった。

「マルセル様……どうかされましたか？」

「一応聞くが……なぜ俺から婚約破棄をするのだ？」

「マルセル様。実は私……重い病気にかかっているのです」

ついに私は病気のことを話す。彼は少しは気にかけてくれるだろうか……？　私はじっと彼の目

を見つめた。

「やはり……そうか。なんとなくそんな気がしていた。何しろお前を保護したとき、鼻血を出していたからな。それにフレーベル家の玄関に、血の染みついたハンカチがバッグと一緒に落ちていた」

「助けていただき本当にありがとうございます。私が今無事でいられるのは、マルセル様のお陰です」

「お礼なんていい。助けるのは当然なのだから。お前のことが無性に心配になって屋敷に戻ったところ、噴水の前で倒れているのを発見したんだ。意識のないお前を見たときは……頭がどうにかなりそうだった」

マルセル様の言葉に私は耳を疑った。そんな真剣な目で見つめられると、本当に私を心配してくれているのかと勘違いしてしまいそうになる。

「お前が閉め出されたことはすぐにわかったよ。だから俺はお前を屋敷に連れて帰った。それで……どんな病気にかかっているんだ？　ヨハン先生はどうしても教えてくれなかったからな」

ヨハン先生の名前が出てきて驚いた。

「ヨハン先生にお会いしたのですか？」

「そうだ。お前が持っていた薬袋に住所が記されていたから、それを頼りに訪ねて往診してもらったのだ。だが病名までは流石《さすが》に教えてもらえなかった」

「ヨハン先生は私の病気を『白血病』と診断しました。先月……余命半年だと言い渡されているのです」

私は意を決して病気と余命を告げられたことを告白した。

「白血病⁉　あの不治の病とされている⁉」

マルセル様は顔色を変え、声を震わせて尋ねる。

「はい。ですから、マルセル様から婚約破棄をフレーベル家に申し入れてください」

これだけ明確な理由があれば、婚約破棄は十分通るに決まっている。先生だってきっと納得してくれるはずだ。それなのに……

「だめだ、そんなこと承諾しない。いや……できるはずないだろう‼」

「キャア！」

突然マルセル様に両肩を掴まれ、至近距離で顔を覗き込まれる。驚きと恥ずかしさのあまり、悲鳴を上げてしまった。途端に彼は慌てたように身体を離す。

「別に怖がらせるつもりは少しもなかったんだ。病人のお前に乱暴な真似をしてしまったな。まったく俺ときたら……すまない、大丈夫だったか……？」

心配そうに声をかけてくるマルセル様。

「い、いえ。大丈夫ですが……マルセル様、なぜだめなのですか？」

まさか拒否されるとは思わなかった。誰だって婚約者が余命宣告をされていると言われれば、未来がない相手との婚約を取りやめるのが普通なはず。

「余命わずかだから婚約を破棄してくださいと言われて、認めることができると思っているのか？　お前は俺がそれほど冷たい人間だと思って……」

マルセル様の顔色はひどく青ざめていた。声も身体も震えている。今までこんなに取り乱した姿を見たことがなかった私には驚きでしかなかった。

「あの、マルセル様……」

声をかけるとマルセル様は自虐的に笑い、うつむくとため息をついた。

「……いや。そうだったよな。そう思われても当然だ。俺は本当に最低な婚約者だったからな。今まで一度だってふたりで一緒に出かけたことはなかったたし、こんなふうに向かい合って話したこともほとんどなかった」

彼がどうしてそんなことを言うのかまったくわからない。彼はひどく苦しんでいるように見える。

私はマルセル様から嫌われていたはずだ。そんな私と結婚しなくてすむのだから、もっと明るい表情を浮かべると予想していたのに。

もしかしてすべて勘違いだったのだろうか？　本当は私と一緒に出かけたり、話をしたいと思ってくれていた……？

ふと、モニカへの気持ちを尋ねたくなった。

「マルセル様はモニカを好きだったのでしょう？」

「俺がモニカを？　冗談じゃない」

その声は悲しげだった。

「でもマルセル様は、モニカに会いに来ていましたよね？」

「それは違う。俺はお前に会いにいっていたのだ。なのに、いつ訪ねても会えなくて、夫人とモニカに『アゼリアは勉強中なので代わりにお相手します』と言ってずっと断られていた」

首を横に振って、きっぱり否定するマルセル様の言葉を聞いて私は耳を疑ってしまった。マルセル様が本当は私に会いに来ていて、それをお母様とモニカが妨害していたなんて……

「そうだったのですか？　ちっとも知りませんでした……」

「どうすれば俺の話を信じてくれる？　お前は完全にモニカとの仲を疑っているだろう？　彼女はお前の妹だったから相手をしていただけだ。第一俺は一度だってモニカと出かけたことすらないぞ？」

「しかしマルセル様はこの間、お母様とモニカの三人でオペラハウスに行かれたのですよね？　フレーベル家の御者たちが話していましたよ？」

あの話をきいたときはとても悲しかった。体調が悪いのもあいまって、ものすごく気分が落ち込んだことを思い出す。

「なんだって⁉　御者がお前にそんな嘘をついたのか⁉」

「嘘なのですか？」

「当然だ。まさか信じていたのか？　……そう言えば、なぜいつも外出時に辻馬車を使っていた？　モニカや夫人の話では、アゼリアはフレーベル家がきらいだから辻馬車を使っていると言っていたぞ」

「いいえ、違います。辻馬車を使っていたのは、誰も乗せてくれなかったからです」

「そうだったのか……。本当にフレーベル家の者たちは揃いも揃ってお前にひどいことを……」

マルセル様が悔しそうに唇を噛む。もしかして今まで彼を誤解していたのだろうか。……マルセル様は私のことを嫌っていたのではないの？

そのとき、不意に血なまぐさいにおいが鼻についた。

「アゼリア！」

鼻の下から生温かい血が垂れてくるのを感じた。ポタリと上質な白いキルトに落ちて、途端に赤いシミが広がる。

「す、すみませんキルトを汚してしまって……」

「そんなものは……どうだっていい……」

そして耳鳴りとともに眩暈《めまい》が襲ってくる。

「アゼリア。しっかりしろ！」

思わずベッドに倒れそうになるのをマルセル様が抱きとめてくれる。ひどい眩暈《めまい》で気分が悪く、目を開けていられない。

「申し訳……ございません……。あとで洗濯を……」

「そんなこと気にするな。無理させてすまなかった」

マルセル様は心配そうに私の顔をのぞき込むと、ハンカチで鼻血を拭いてくれた。そして私の身体を支えてベッドに寝かせてくれる。

「マ、マルセル様……ヨハン先生から……いただいた丸薬が入っている袋があります……。申し訳ありませんが、それをひと粒飲ませていただきたいのですが……」

眩暈《めまい》に耐えながら声をかけた。

「任せろ、すぐに薬と水を持って戻ってくるからな」

マルセル様が走り去る足音を聞きながら、私は再び意識を失ってしまった。そしてなぜか彼の夢を見た――

◇　◇　◇

今日は私がアカデミーに入学して初めてのクリスマスパーティーに出席する日だ。

家族四人で長いテーブルを囲んでの昼食。お父様とお母様、そしてモニカはパーティーについて楽しそうに話している。お母様とモニカもアカデミーの関係者として参加することになっていたからだ。

『モニカはどんなドレスを着ることにしたのだい？』

『真っ赤なドレスを新調してもらったのよ。多分私が誰よりも一番目立つと思うわ』

『そうだな。きっと男性陣の視線はお前に釘付けになるだろう。アビゲイル、お前も参加するのだろう。ドレスは新調したのか？』

『ええ。私は濃紺のドレスにしたわ。何しろ今夜はモニカにとって大切なパーティーなのだから』

お母様の言葉に私は凍りつく。

今夜は私にとっても大切なパーティーだ。なぜなら私は学年一位の成績を収めたので、表彰されるからだ。

けれど私はドレスを作ってもらえないどころか、アカデミーの学生なのだから制服で行けと言われていた。もちろん制服でクリスマスパーティーに参加する学生などひとりもいない。

せめてモニカのお古のドレスでも借りられればいいのに、と考えながらチラリとお父様を見たとき、視線が合ってしまった。

『なんだ？　その目つきは。何か言いたいことでもあるのか？』

お父様は睨みつけたまま私に問いかける。

『いいえ。何もありません』

『用もないならこちらを見るな。お前の顔を見ていると食欲が落ちる。部屋に戻れ』

あいかわらずの冷たい言葉と態度に心が凍りそうになる。お父様は……いや、この家族は今まで一度たりとも、私に微笑みかけてくれたことはなかった。

『はい、わかりました。それではお先に失礼いたします』

まだ半分も食べてはいなかったけれど、ここでお父様に素直に従わなければ、次の食事が抜かれてしまうかもしれない。

そう考えた私はズキズキと痛む胸を堪えて挨拶し、家族の楽しそうな笑い声を聞きながらダイニングルームをあとにした。廊下を歩いていると、パーティーに向けてバタバタと騒がしい足音が行き来していることに気がつく。

『キャア！』

ドンッと背後から思い切り突き飛ばされてしまい、私は床の上に転んでしまった。直後、右足首に鋭い痛みが走り、思わず顔をしかめてしまう。

『い、痛い……』

床に座り込んで足首をさすっていると、真上から声が降ってきた。

『アゼリア様、何をしているのですか？　そんなところにボサッと座っていられると邪魔です。私たちはあなたと違って暇じゃないのですよ』

見上げるとそこにはモニカ専属のメイドが立っていた。手に大きな箱を抱えて、私を見下ろしている。彼女とぶつかったようだ。

『す、すみません……うっ！』

立ち上がろうとしたとき、右足首に鋭い痛みが走る。思わず呻いて壁に手をつくと、メイドが顔をしかめた。

『なんですか？　わざと痛そうに大袈裟《おおげさ》にして……そんな嘘までついて、フレーベル家の人たちに関心を向けてほしいのですか？』

『あの……そんなつもりはなかったの。部屋に戻るわ。邪魔してしまってごめんなさい』

痛む足を引きずりながら部屋に戻る。扉を閉めるとき、あからさまな嘲笑が背中越しに聞こえた。

右足首を確認したところ赤く腫れていて熱を持っている。そっと触れると痛みが走った。

『どうしよう……。十八時からアカデミーのクリスマスパーティーが始まるのに……』

さらに二十時からは私の表彰式が始まってしまう。これでは歩くのもままならない。なんとかして足首の痛みを取らなくちゃいけないと、フレーベル家の医務室を目指した。

『怪我ですって？　冗談じゃありません、私は忙しいのです。ご自分で治療くらいしてくださいよ。手は動かせるのでしょう？』

屋敷に常駐する医師に治療をお願いすると、真っ先に浴びせられたのはこの言葉だった。彼は他の人たちには親切なのに私にだけはきつくあたる。

『で、でも先生……薬の場所もわかりませんし……』

怖くて震えながらも医師に訴えた。

『あの棚に救急箱があります。治療が終わったらさっさと出ていってください！』

医師が指した棚の上には白い箱がのっている。やっぱり手当はしてくれないのだろうと諦めて救急箱を借り、慣れない手付きで包帯を巻き始める。

『先生、お邪魔いたしました』

歪《いびつ》で不格好ではあるけれどなんとか包帯を巻き終える。医師に声をかけたけれど返事すらなかった。

医務室をあとにし廊下を歩き始めるとすぐに、ひどい痛みが右足首を再び襲う。部屋に戻ったら包帯を巻き直さなければと、足を引きずりながら私は部屋へ向かった。

十七時になり、そろそろ屋敷を出たほうがよいだろうと、制服に着替えた私は立ち上がって少し歩いてみた。さっき医務室で包帯を巻いたときよりは多少痛みが軽減しているように感じる。これならなんとか歩けそうだ。

出かける準備を終え、私はお母様とモニカを捜しに部屋を出る。

しかし、どの部屋を捜しても姿が見当たらない。廊下で立ちすくんでいると、先ほど私を突き飛ばしたメイドがこちらへ歩いてくる姿が見えた。

『モニカとお母様はどこにいるのでしょうか？』

『あら？　とっくにクリスマスパーティーに出かけましたけど？』

『え!?　そ、そんな！』

私はふたりがいないと馬車に乗せてもらえない。それをわかっていながら私を置いて先に行ってしまうなんて、どうしたらいいのだろう。いつもなら歩いて辻馬車乗り場まで向かうけれども、今日は足が痛くてとても行けそうにない。

『あら、馬車を出してもらうように頼みに行くのはどうですか？　まぁ、そんなことをしても無駄でしょうけど！』

彼女の言う通り、きっとフレーベル家の御者たちは私を乗せてはくれないだろう。それでも……私は一縷《いちる》の望みをかけて馬繋場《ばけいじょう》を目指した。

『お願いします。どうか私を馬車に乗せてください。帰りの馬車まではお願いしませんから！』

『冗談じゃない。なんでアゼリア様のために馬車を出さなきゃならないのですか？』

『通学用の辻馬車を使えばいいでしょう？』

私は待機していた三人の御者に必死にお願いする。しかし、彼らの反応は想像通り冷たい。

『今夜はクリスマスパーティーなので学生用の辻馬車は出ていません。お願いします。もう時間がないのです！』

必死で頭を下げるも、彼らは私を完全に無視して話し始めた。

『今夜の仕事はもう終わりだし、クリスマスだから一杯やりにいくか』

『よし、それはいいな。カイ、お前も行くだろう』

『は、はい……』

三人の御者は歩き去ろうとする。

『お願いです。足を怪我して歩けないのです！』

涙目で訴えると、一番年若い男性が足を止めて振り向いた。

『足を……怪我したのですか？』

まさか私の訴えを聞き入れてくれたのだろうか？　この人なら私を助けてくれるかも……！　すがる気持ちで彼を見つめる。

『え、ええ……』

彼は初めて見る御者だった。背が高く、シルバーアッシュの髪色に青い瞳が印象的だ。

『おい、カイ。だめだ。相手にするな』

『ああ。やめておけよ』

『何を言っているのですか？　フレーベル家のお嬢様が足を怪我しているのでしょう？　なぜ乗せてあげないのですか』

カイと呼ばれた青年は声を荒らげる。そして、私のほうを見ると優しい声音で話す。

『アゼリア様、大丈夫です。僕があなたをアカデミーまでお連れいたします』

信じられなかった。私に親切にしてくれる人が、まさかフレーベル家にいるなんて。

『お、おい！　やめておけ。一応俺は忠告したからな！』

『どうなっても知らないぞ！』

ふたりの御者は口々に言って去っていく。

『まったく……なんて冷たい人たちだ……！』

青年は暗闇に消えていくふたりの御者を睨みつけていたが、すぐにこちらを振り向いた。

『今から飛ばせば、まだ間に合います。行きましょう』

そして私に笑いかけてきてくれた。それはとても安心できる笑顔。

『ほ、本当に……乗せてくれるのですか？』

『ええ。当然じゃないですか。僕はフレーベル家の御者で、アゼリア様はフレーベル家のお嬢様なのですから。あと、敬語は使わないでください。僕はただの使用人です』

その声はとても優しかった。フレーベル家では誰ひとり私に親切にしてくれない。冷たい言葉と態度で、どれだけ心が傷つけられてきただろう。それなのに彼は、私をフレーベル家の令嬢として接してくれる。

『あ、ありがとう……えっと……』

私はうれしさと安堵で、思わず目頭が熱くなってしまった。

『あ、僕の名前ですか？　カイと呼んでください。これからどうぞよろしくお願いいたします、アゼリア様』

名乗るカイの顔は気のせいか、頬が赤くなっているように見える。

これから……？　私がフレーベル家でどんな扱いを受けているのか知ったというのに、また頼っ

てもいいのだろうか。

彼の優しい心遣いに心の中で感謝した。目尻に浮かんだ涙を見られないようにゴシゴシと目をこすり、私はカイを見上げた。

『では……お願い、カイ。馬車を出してくれる？』

『はい、もちろんです！』

カイは笑みを浮かべる。それは心が温かくなるような素敵な笑顔だった。そして彼のお陰でなんとかクリスマスパーティーに間に合ったのだった。


これが私とカイの初めての出会い。

この日をきっかけに少しずつ私とカイの秘密の交流が始まった。

他の御者には内緒で、時々カイは私が出かけるときに馬車を出してくれるようになった。さらに話し相手になってくれたり、食事を取りそこなってしまった私のために自分の食事を分けてくれたりしたこともあった。

私たちが会う場所は、人が滅多に来ないフレーベル家の裏庭と決まっていた。もしこっそり会っていることが誰かに見つかれば、私はともかくカイがひどい目に遭わされてしまう。自分はどうなってもかまわないけれど、親切なカイを巻き込みたくはない。

彼は本当に私によくしてくれて、カイと過ごす時間だけは穏やかな気持ちでいることができた。

そんな彼に何かお礼をしたかったけれども、時間もお金も余裕がない私には言葉で感謝の気持ちを伝えることしかできない。それが心苦しくてならなかった。

『待っていて、カイ……。いつか必ず私にできる精一杯のお礼をあなたに——』

そう言うと、彼はいつものように温かい笑みを向けてくれた。


けれど、その願いが叶うことはなかった。

それはある日曜日。その日は肌寒く、朝からずっと雨がシトシトと降り続いていた。ハイム家へ招かれていた私は傘をさして門扉を目指して歩いていた。

『アゼリア様！　今日もハイム家へ行くのですか？』

大きな声が庭園に響き渡り、振り向くとカイが人懐っこい笑顔で駆け寄ってくる。

『ええ、そうよ。これから辻馬車乗り場へ向かうところなの』

雨の中走ってきたカイが濡れないように、傘を差し出すと彼は押し返してきた。

『いけません、そんなことをしてはアゼリア様が濡れますよ』

『だけどわざわざ雨の中来てくれたから……。それで何か私に用があったの？』

『何か用があったの、じゃないですよ。こんな雨の中、お出かけするならなぜ僕に声をかけてくれないのですか？　辻馬車乗り場に向かうまでにお召し物が汚れてしまいます。馬車ならお出ししますよ？』

カイはそう言って、少しだけむくれてみせる。

『だめよ、あなたに迷惑はかけられない。今日はみんな屋敷にいるのよ？　私を馬車に乗せていることが家族にばれたら、あなたがどんな罰を受けるかわかったものではないわ。知っているでしょう？　私が馬車を使うのは禁止されていると。風邪を引くといけないから、もう戻って』

お父様は自分に歯向かう者には容赦しない。平気で使用人に暴力を振るい、大怪我をして辞めていった人が今までどれほどいたか。恩人のカイをそんな目に遭わせたくはない。

『だったら、僕と一緒に馬繋場《ばけいじょう》へ来てください。このままじゃ僕は雨に濡れっぱなしですから』

わざわざ雨の中追いかけてきてくれたカイの誘いを断るのも気が引ける。

『それならお願いしようかしら？』

『はい。では一緒に参りましょう』

私は彼にお礼を述べて、ふたりで馬繋場《ばけいじょう》へ向かった。けれどそれが間違いだったのだ。

『カイ！　なんでまたアゼリア様をここへ連れてきたんだよ！』

『ああ、まったくだ。旦那様たちにこんなことがバレたら、俺らまでひどい目に遭わされるぞ？』

カイに連れられて馬繋場《ばけいじょう》へ行くと、ふたりの御者が私を睨みつけてカイに文句を言ってくる。

『何を言っているのですか？　アゼリア様だってフレーベル伯爵家の令嬢ではありませんか！』

カイはまるで私を守るかのように両手を広げて、ふたりの前に立ちはだかった。

『お前なぁ……もうフレーベル家に来て二年になるんだからいい加減に学習しろよ。アゼリア様に関われば、俺らの立場が危うくなるんだぞ？』

一番長くフレーベル家の御者を務めている赤毛の男性がイライラしながらカイを睨みつけている。

『ああ、とばっちりはごめんだよ』

もうひとりは煙草《たばこ》をくわえて火をつけた。そしてわざとらしくその煙をカイに吹きかける。

そう、これは私とカイだけの問題ではない。彼らは両親の命令に従っているだけなのだ。それに私がここに時々出入りしているのを知っていながら今まで黙認してくれている。

『……やっぱり私は帰ったほうがよさそうですね。せっかくのお休みのところ、申し訳ございませんでした。失礼いたします』

自分が文句を言われるのは慣れていたけれど、そのせいで善良なカイまで巻き込まれてしまうのはいやだった。そう思った私は外へ出ようとしたとき……

『待ってください。アゼリア様！』

気づけばカイに左手を握りしめられていた。

『カイ……？』

首をかしげてカイを見ると、彼は真っ赤になって手を離す。

『あ！　す、すみません。勝手にアゼリア様に触れてしまって！』

するとそれを見ていた御者たちが口々にあざ笑った。

『おいおい、本気かよ。いくら伯爵令嬢とはいえ、アゼリア様はやめておけ』

『アゼリア様は捨て子だから、どんな下賤な血が入っているかわかったものじゃないぞ？』

その言葉は私の胸を大きく抉《えぐ》った。

下賤な血……一番言われたくない言葉だった。自分の出自がわからないという事実は、いつも私を追いつめ、苦しめる。

『なんだと……？』

不意にカイの雰囲気が変わった。彼の顔には怒りが満ちている。それは今まで一度も見せたことのない表情だった。

『なんだよ。カイ……やる気かよ？』

『おもしれぇ……。前々からいい子ぶっていて気に入らなかったんだよ』

赤毛の男が立ち上がる。隣の男も煙草《たばこ》を地面に投げ捨て、足で踏みつぶした。しかし、カイは引こうとしない。

『よくもアゼリア様を侮辱《ぶじょく》したな……いつでも相手になるぞ』

『待ってください！』

私のせいで喧嘩させるわけにはいかない。慌てて三人の間に割って入った。

『アゼリア様。どいてください』

背後でカイが声をかけるものの、私は耳を貸さずにふたりの御者に謝罪する。

『申し訳ございません。悪いのはすべて私なのです。身のほどをわきまえず、カイに無理を言って馬車を出すように頼んでしまったのです。カイは少しも悪くありません。どうか許してあげてください。もう二度とみな様にご迷惑はかけないと誓いますので』

『な、何をされているのですか!?　アゼリア様！』

背後で狼狽《うろた》えたカイの声が聞こえるが、再度ふたりの御者に頼み込んだ。

『お願いします。どうかカイにひどいことをしないでください……傷つけないでください……』

『チッ！　まったく……わかりましたよ！』

『顔をあげてくださいよ！』

御者の声に顔をあげると、彼らは不満そうな顔で私を見ている。

『見逃していただきありがとうございます』

再び礼を述べると、赤毛の御者はシッシッと私を手で追い払う仕草をした。

『さっさと行ってください。アゼリア様がここにいるのを旦那様たちに見られたら、俺たちだって咎められるのです！』

『はい、わかりました。もう行きます』

私はそう言ったあと、カイのほうを見た。彼は真っ青になって私を見つめている。

『アゼリア様……』

『ありがとう、カイ。うれしかったわ。だって、あなただけだったもの。フレーベル家で親切にしてくれたことも……話し相手になってくれた人も。あなたに出会えてよかった。私のこと……今まで気にかけてくれて本当に感謝しているわ』

まるでお別れのような言葉が自然に出てしまった。でも、これを最後にもうカイに関わるのはやめにしよう。彼をこれ以上巻き込みたくはない。

『アゼリア様！　僕は――』

『ごめんなさい、カイ。私、もうハイム家に行かないといけないから』

うつむいたカイの前を通り、私は馬繋場《ばけいじょう》を出ていった。

『ひどい雨……』

外はいつの間にか本降りの雨になっていた。まるで今の自分の気持ちを現しているかのようだ。ため息をついて傘を差すと、私は再び門扉を目指して歩き始める。

『アゼリア様！』

バシャバシャと濡れた道を走る足音が聞こえ、振り向くと雨に打たれながらカイが駆け寄ってきた。

『カイ！　どうして追いかけてきたの？』

カイが私を追いかけてきてくれたことがうれしい反面、罪悪感も込み上げてくる。

傘を差し出そうとすると、先ほどと同じように押し返される。カイは頭からポタポタとしずくを垂らしながら今にも泣きそうな顔で訴えてきた。

『アゼリア様……なぜそこまで我慢されるのですか⁉』

……なぜそこまで？　それは私がフレーベル家の養女だから。そして、フレーベル家は本当の家族ではないから。……我慢することが当然の世界で生きてきたからだ。

けれど口にすれば、ますますカイを心配させてしまう。

『カイ、濡れるわ。もう戻って？』

これ以上彼に関わって、屋敷の誰かに見られてしまえば告げ口されてしまう。私だけでなく、カイまで罰せられてしまうに違いない。

『アゼリア様……』

彼の言葉が……表情が私の胸を締めつける。

『遅くなるから行くわね』

カイは返事をしてくれない。仕方なく私は佇む彼をその場に残して、辻馬車乗り場を目指したのだった。

この日が……フレーベル家でカイを見た最後だった。


帰宅後、カイがフレーベル家の御者をクビになったことをお父様に聞かされた。

カイはなぜ私を冷遇するのかとお父様に歯向かった罪で鞭《むち》打たれたらしい。そしてそのまま追い出されてしまったのだ。

私は余計なことをカイに吹き込んだ罰として、反省室へ閉じ込められてしまった。カイは私に関わったせいで、家族の逆鱗《げきりん》に触れてクビにされてしまったのだ。

『カイ……本当にごめんなさい』

私がいけなかったのだ。彼に馬車を出してもらったりしたから。

……仲良くなってしまったから。

どうかできることなら、もう一度あなたに会いたい。そして傷つけてしまってごめんなさいと謝りたい――

◇　◇　◇

不意に目が覚め、自分が涙を流していることに気がついた。腕に違和感も覚える。左腕を見ると、点滴を受けていた。

「点……滴……？」

ポツリとつぶやくと、すぐそばで声をかけられた。

「アゼリア、目が覚めたのだね」

声が聞こえた方向に視線を移す。

「あ……あなたは……ウォルター様……」

「寝ているところを勝手に入ってきて悪かったね。ただ、どうしてもアゼリアの様子を確認したかったのだよ」

「いえ……どうかお気になさらないでください」

「よし、だいぶ顔色もよくなってきたようだね？　どれ、ちょっと脈を測らせてもらうよ。……うん、脈拍も安定しているようだ」

この方はマルセル様のお父様で、医学博士の学位を持つウォルター様だ。

「ちょうど点滴も終わったところだ。気分はどうだい？」

「ありがとうございます。お陰様で身体がとても楽になりました」

点滴を抜かれベッドから起き上がろうとすると、ウォルター様は大きなクッションを背中にあてがってくれた。

「これなら起きているのも楽だろう。もう眩暈《めまい》も起きないだろう？」

「はい、大丈夫です」

ウォルター様はひとつうなずくと、真剣な表情で私に問いかけてくる。

「……アゼリア、君は今まで一体どういう生活をしていたのだ？　この病気は栄養と休息を取るのが一番大事なのだよ？」

「あの……私の病気のことは……」

「マルセルから聞いたよ。鼻血も出るそうだね？　アゼリアがもらっていた薬も眩暈《めまい》を抑えるものだったし……でも私はまだ希望を捨ててはいないよ」

「どういうことでしょうか？」

「私は今でこそ王立アカデミー学院の医学部で教えているけれど、これでも、つい最近までは多くの患者さんを診てきたからね。君は一か月ほど前に余命半年と言われたそうだが、同じ病気を持つ患者さんの中には数年間生きた人たちもたくさんいるよ」

その言葉を聞いて私は耳を疑った。

「ほ、本当ですか……？」

「ああ、だから私の言う通りにしなさい。まずは栄養と休息をたっぷりとること。そして一番大切なのは生きる希望を持つことだよ」

「生きる希望？　……そういえば、ヨハン先生も同じことをおっしゃっていました」

「実はそのヨハン先生に、明日会いにいってみようかと思っているのだよ。マルセルが夜突然訪ねてもすぐに駆けつけてくれたらしいからね。アゼリアの病気の情報を彼と共有したい」

「私のためにそこまでしていただくなんて申し訳ないです。マルセル様に婚約を破棄してくださいと申し出ている身なのに、こんなにたくさんお世話になってしまうなんて」

私は思わずうつむく。

「医者の立場から言わせてもらうと、病気のことで婚約が心の負担になるなら、破棄したほうがいいと思う。相手のことを考えれば、迷惑はかけたくないと思うのは普通だからね」

「……その通りです」

「けれど親の立場では、ふたりでよく話し合って決めるべきだと考えているよ。私はマルセルの父親でもあるが、ひとりの医師でもある。婚約を白紙にするか、続けるか……私からは何も口出しするつもりはない。だから気に病むことはないよ。少し休むといい。また来るよ」

それだけ言うと、ウォルター様は部屋から去っていく。部屋でひとりになり、私は今後のことを考えた。

「これから私はどこに住めばいいのかしら……」

私はもうフレーベル家には戻れないし、戻る気にもなれなかった。あの暮らしを続ければ、余命が五か月も続かないかもしれない。それにマルセル様に婚約破棄をお願いした以上、ここでも暮らせない。

残りわずかな余生……私のことを顧みてくれない家族にも、婚約者のマルセル様にも執着するのをやめる。

そのとき、不意にシスターエレナの顔が思い出された。そうだ、シスターエレナに教会に置いてもらえないか尋ねてみよう。幸い私は万一のために、毎月もらっていた支給金を節約して貯金していた。そのお金を全額渡して、教会に住まわせてもらおう。

どうせ生きられても残りわずか。命が尽きるまで教会にお世話になり……シスターや子どもたちみんなに看取られながら静かに息を引き取りたい。贅沢《ぜいたく》な望みかもしれないけれど、私はひとりぼっちでは死にたくなかった。

でも、私には心残りがある。

どうしても死ぬ前に実のお父様とお母様に会いたい。どれほど会いたかったか気持ちを伝えたい。

できることなら……息を引き取る最後の瞬間まで大切に思う人たちと一緒にいたい。その願いを成し遂げるまでは死んでも死にきれない。

「どうか、神様……もう少しだけ私の身体が長持ちしますように……」

私はそっと神様に祈った。

第五章　優しい人たち

ベッドに横たわって身体を休めていると不意にノックの音が聞こえた。

「アゼリア様。ケリーです」

「中へ入ってきてもらえる？」

部屋に入ってきたケリーの顔は今にも泣きそうになっている。

「ど、どうしたの？　ケリー」

驚いてベッドから起き上がろうとしたとき、ケリーが駆け寄り私の身体を支えてきた。

「おひとりで動かないでください。アゼリア様！」

「ありがとう。もう大丈夫よ？」

私はそう言ったけれど、ケリーは私の身体から離れようとはしない。その小さな背中が小刻みに震えていることに気がつく。

そして私の肩にポトリと熱いものが垂れた。

「ケリー。ひょっとして……泣いているの？」

その言葉を聞いたケリーがゆっくりと顔を上げた。

その顔を見て私はドキリとしてしまう。

「ほ、本当ですか？　重い病気にかかって、一か月も前にあと半年の命だと、余命宣告さ……されたって……マルセル様……から聞きました」

彼女の両目からは大粒の涙がポロポロとこぼれている。

「え……？」

その言葉に血の気が引く。マルセル様はなぜケリーに話してしまったのだろう？　ケリーはまだたったの十七歳。私のメイドになる直前に母親を病気で亡くし、とても寂しがり屋の少女なのに。だからこそ私は命が尽きるギリギリまで病気のことは彼女に伏せておきたかった。

「アゼリア様……う、嘘ですよね……？　し、死んだり……しませんよね……？」

ケリーの涙が私の心を締めつける。

……そうだ、私はひとりじゃない。ちゃんと思ってくれている人が近くにいる。それならなおさら気休めの嘘をついてはいけない。

「ごめんなさいケリー。私、今まであなたに黙っていたことがあるの。マルセル様の言う通りよ。私は重い病気にかかっているの。一か月前、お医者様に診てもらったときに余命半年と告げられているわ」

ケリーは私の膝の上に額をなすりつけ、すすり泣く。

「そんな……アゼリア様がいなくなってしまったら、私またひとりぼっちになってしまいます……」

「それなら大丈夫よ。私からマルセル様に、ケリーをここのメイドとして雇ってもらえないか尋ねてみるわ。このお屋敷にはケリーと同じ年ごろのメイドがたくさん働いているし、みんな優しい人ばかりだからフレーベル家と違って苦労することはないはずよ」

きっとマルセル様ならこのお願いを聞いてくれるはず。私はケリーの頭を優しく撫でた。

「アゼリア様がおっしゃるならその通りにします。でも……アゼリア様が一緒なのが条件です。アゼリア様、一緒にこの屋敷にいてくださいますよね？」

困ったことになった。私はこのお屋敷でお世話になってはいけない立場なのに……

「ごめんなさい、それは無理だわ。私はマルセル様に婚約を破棄してもらうようにお願いしているの。それなのに図々しくお屋敷に置いてもらうわけにはいかないのよ」

「アゼリア様がこのお屋敷を出るとおっしゃるなら、私も出ます」

「その気持ちはとてもありがたいけど、私、教会でお世話になろうかと思っているの。だからふたり一緒というのは無理かもしれないわ」

するとケリーが私の右手を両手で握りしめてきた。その手は小刻みに震えていて、その振動が伝わってくる。

「だったら私のアパートメントで暮らしませんか？　部屋は……ほ、本当に狭くてベッドも小さいし、寝心地は悪いかもしれませんが……私なら頑丈にできていますから、床の上で寝たってかまいません！」

「それではケリーに迷惑をかけてしまうわ。私はいつ体調を崩すかわからない。突然、容態が悪化してしまう可能性もあるし、もうあなたに何もしてあげられないのよ」

血を吐いて苦しむ姿をケリーには見せたくない。私は彼女を悲しませたくはなかった。

「だったらなおさらです。信じたくはありませんが、アゼリア様があと五か月しか生きられないというのなら……少しでも長くアゼリア様のおそばに置いてください」

ケリーは涙をボロボロ流しながら必死で訴える。

こんなにも自分のことを必要としてくれる人が今までいただろうか？　病に蝕《むしば》まれてボロボロの身体は、いつこの世界から見捨てられてもおかしくない。それでもケリーは私を必要としてくれる。これほどまですがりつく彼女の手を、私は振りほどくことなどできない。

このとき初めて思った、ケリーのためにも少しでも長生きしたいと。

「ケリー……顔を上げて？」

泣きじゃくるケリーの頭を再びそっと撫でた。

「ごめんなさいね。なんとかあなたと一緒にいられる方法を探すから、もうそんなに泣かないで？」

「ア……アゼリア様……」

顔を上げたケリーの目は、泣きすぎて真っ赤に腫れていた。

点滴のお陰ですっかり身体が楽になった私は彼女と今後についていろいろ話し始める。それからしばらくして扉がノックされた。

「アゼリア、ちょっといいかしら。話があるの」

「あの声は先生だわ。ケリー、お願い。お通ししてくれる？」

「はい、アゼリア様」

ケリーが扉を開けると、先生とウォルター様が立っていた。

「アゼリア、体調はどうかしら？」

「ウォルター様のお陰で、かなり身体が楽になりました」

「それはよかった。どれ、話の前に少し診察をしてみようかね？」

ウォルター様はベッドのすぐ近くに置かれた椅子に座ると、簡単な診察をしてくれた。

「まだ貧血の症状があるな。鉄分を多く含んだ食事をこれからは心がけなさい。厨房にも頼んでおこう」

「実はそのことなのですが、婚約破棄をする以上、こちらでお世話になるわけにはまいりません」

私は婚約破棄されるのだから、ここにおいてもらうわけにはいかない。そこで私とケリーは、ふたりで教会に置いてもらえないか頼んでみようと決めたのだ。

「マルセルから事情を聞いたわ。フレーベル家で陰湿な嫌がらせに遭っていたのですって？」

「……」

私は先生とウォルター様に自分がフレーベル家で今までどのような扱いを受けてきたのか、あまり知られたくなかった。家族や使用人たちから蔑《ないがし》ろにされる存在だと思われたくはなかったのだ。

すると、隣にいたケリーが黙り込んだ私に代わって答える。

「はい事実です。フレーベル家の人たちはアゼリア様に食事も出さず、使用人たちも全員、一緒になっていじめていました」

「ごめんなさい。まさかあなたがそんな苦痛を与えられていたなんて少しも知らなくて。それにマルセルのことも……」

「ああ。マルセルに代わって私たちから謝罪をさせてくれ」

先生とウォルター様はそう言って私に頭を下げてきた。

「そんな、おふたりとも、どうか顔を上げてください」

「アゼリア。婚約破棄の希望は受け入れるわ。それにマルセルにはあなたに近づかないように『接近禁止令』を出したのよ」

一体なんのことだろうと、戸惑う私にウォルター様が教えてくれる。

「アゼリアの許可なしに会ってはいけないし、姿を見せることもしてはいけないと命じておいたということだ。まったく勝手な真似ばかりしおって……」

「あの……それは流石《さすが》に少しいきすぎではないでしょうか？　マルセル様を呼んでいただけませんか？」

屋敷を閉め出されたあの夜、マルセル様に助けてもらわなければ、私は衰弱して死んでいたかもしれない。

今ならわかる。凍えて寒かった私を抱きかかえて温めてくれたのは、マルセル様。あれは幻ではなかったのだと。

「いいえ、アゼリア。マルセルは――」

「はい、わかりました！」

ケリーは先生の言葉を遮って私に返事をする。

「ケリー、何を言うのだね？」

「大丈夫です。マルセル様はとてもいい方です。私が他のメイドたちにいじめられていたときに助けてくれたのですから」

ウォルター様が驚いた顔でケリーを見ると、彼女はそうはっきりと告げた。

「だが、マルセルはアゼリアの許可もなしに、勝手に病気のことを君に話したのだよ？」

ウォルター様がケリーに問いかける。

「マルセル様は、私とアゼリア様を心配して話してくれたのです。アゼリア様は私に心配させまいと病気のことを話さずに、無理をするのではないかとおっしゃっていました」

「しかし……」

まだ納得がいかない様子のウォルター様と先生にケリーは言葉を続ける。

「私の母は病気で亡くなりました。母は最後まで私には何も話してくれなかったのです。病気のことも、お医者様にかかっていることも。具合が悪そうにしていてもただの疲れだとか、風邪気味だからというばかりで……。わ、私はそんな母の言葉を信じ切っていて……」

ケリーはその当時のことを思い出したのか、目に涙を浮かべている。誰もが黙ってケリーの話に耳を傾けた。

「母が亡くなったあの日。ちょうど町で夏祭りをやっていました。私はどうしても行ってみたかったのですが、母の体調が悪そうだったので諦めていたら……母が三十オルトくれました。これでお祭りを楽しんでおいでって……」

涙声のケリーはさらに話し続ける。

「そ、それで私はお祭りに遊びに行って……日が暮れて家に帰ったら……。は、母が床の上に倒れていて……冷たくなっていました……」

いつしかケリーの目からはボロボロ涙が流れていた。

「私が母の病気のことを知っていたら……。母が話してくれていたら。あんなひとりきりの部屋で死ぬことはなかったのに……もっと親孝行できたのに………。だからマルセル様を責めないでください」

私は泣きながらも話してくれるケリーを見つめる。

「何も知らないで、また大切な人を失うなんてことは……もう誰にも二度としてほしくないんです！」

「ケリー……」

小さな肩を震わせる彼女の姿を見て、私は胸が苦しくなってしまう。彼女と初めて会った日のことが思い出される。

家族から虐げられ、使用人たちにも見下されていた私は、睡眠時間を削るほどに身の回りすべてを自分でしなければならなかった。料理が作れない私は食べ物を買いにたまたま立ち寄った店で、職を求めて訪れていたケリーと偶然出会ったのだ。けれど彼女は店から無下に追い払われてしまった。そこで私はあとを追い、自分の専属メイドにならないかと声をかけ……以来ずっと私たちは一緒だった。

できれば彼女には病気のことを告げたくなかったけど、マルセル様は批判されるのを覚悟のうえで話したのだろう。

「お願いします、先生。ウォルター様。マルセル様とふたりで話をさせてください」

「アゼリアがそこまで言うならマルセルを呼んでくるわ。あなた、行きましょう」

「そうだな、わかったよ。ケリーは……」

「私はマルセル様がいらっしゃるまでアゼリア様のおそばにいます。いいですよね？　アゼリア様」

ケリーは私の右手を両手でギュッと握りしめる。笑みを浮かべてうなずくと、泣いていたケリーがようやく笑った。

「ありがとうございます、アゼリア様！」

先生とウォルター様が部屋を出ていくと私はポツリとつぶやいた。

「こんなにゆっくり過ごせるのは初めてだわ。まさか自分が病気になって穏やかな時間を手に入れられるなんて……」

「アゼリア様……」

ケリーの目に再び涙が溜まる。いけない、私はまた彼女を悲しませる言葉を口にしてしまった。

「ご、ごめんなさい。ケリー。別に私はそんなつもりで言ったわけじゃないの。あなたのためにも少しでも長く生きられるように頑張るわ。だから泣かないで？」

「はい。アゼリア様」

ケリーが返事をしたそのとき、ノックの音が響く。ケリーが扉を開けると、マルセル様が立っていた。

「私は失礼いたしますので、アゼリア様とお話しください」

「待ってくれ、ケリーにも話を聞いてもらいたいんだ」

立ち去ろうとするケリーをマルセル様が呼び止めた。

「わかりました」

ケリーは少し迷った様子だったが、私がうなずいたのを見てその場にとどまる。ふたりが椅子にかけると、早速マルセル様が話し出す。

「会ってくれてありがとう、アゼリア」

「いいえ、私もマルセル様に大切なお話がありましたから。まずは私とケリーを助けてくれたお礼を言わせてください」

「助けるのは当然だ。それに俺は礼を言われるような立場の人間じゃない。お前の婚約者だったのに、どれほど虐げられてきたのか知りもせず、今までほうっていたのだから。……最低な男だよ」

「それでも感謝いたします。マルセル様があのとき戻ってきてくださらなければ、私はひょっとしたら死んでいたかもしれません」

「頼むからそんな恐ろしいことを言わないでくれ。それで俺に話というのは？」

「はい。明日にでもケリーとこのお屋敷を出ます。ケリーとふたりで私を拾ってくれた教会に身を寄せようかと思っています」

途端にマルセル様の顔が青ざめる。

「だが、教会では満足に療養できるとはとても思えない。ずっとここにいればいいだろう？」

「いいえ、それはできません。だって私は婚約破棄してもらうのです。マルセル様、フレーベル家に申し出てください。マルセル様から婚約を破棄すれば、両親もモニカも満足して私に二度と関わってこないはずです」

もう残り少ない命。私は心穏やかに最期を迎えたい。

「婚約破棄して療養に専念できるならそうする。それは俺の当然の罪滅ぼしだからな。だが、出ていくことだけは、考え直してくれないか？　ここなら安心して治療も療養もできるだろう。それにケリーだってメイドとして働けば給料だって支払ってやれる」

マルセル様の顔が苦しげに歪む。

「私たちはもうただの赤の他人になるのです。元婚約者がいつまでもハイム家にいれば、次の婚約者も決まらないでしょう。」

家族と縁を切り、次はマルセル様から離れないといけない。

「私は……もうマルセル様にとって、厄介な存在でしかありません。それに私がここでお世話になり続けたら、フレーベルの家族が黙っていません」

マルセル様は口にはしないけれど、今回私とケリーを助け出したときに相当苦労したに違いない。ただでさえ迷惑をかけているのに、これ以上重荷になりたくない。そばにいないほうがいいのだ。

マルセル様はとても傷ついた表情をしている。それほどまでに責任感を覚えているのだろうか。

「俺がお前を厄介な存在だと、本当にそんなふうに思っているのか……？　いや、そう思われても当然か。でも、だからこそ罪滅ぼしをさせてほしい。隣の町に小さな別宅がある。この屋敷に住むのがいやなら、そこにケリーと一緒に住めばいいじゃないか」

マルセル様の申し出はすごくありがたいけれど、それでは婚約を破棄してもらう意味がない。

「俺の目の届かないところでお前に万一のことがあったら、一生自分を許せないだろう。頼む。お前のことをずっと見守らせてほしい。もうそばにいたくないほど、俺がいやか？」

マルセル様は懇願してくる。

どうして今さらそんなことを言い出すのだろう。先生に命じられるまま、嫌々私と婚約したのではなかったの？

「マルセル様……」

——コンコン。

「アゼリア、私だ。入ってもいいかね。ヨハン先生がいらしているよ」

扉を開けると、ウォルター様の背後からヨハン先生が現れ、笑顔で私に声をかけてきた。

「だいぶ顔色がよくなりましたね。元婚約者の方が夜突然訪ねてこられたときは流石《さすが》に驚きましたが」

「あのときは……お世話になりました」

ヨハン先生はマルセル様のほうを見ることもなく、元婚約者と言った。なんだか普段の優しいヨハン先生とは様子が違い、少し棘があるように感じる。ひょっとして彼のことをよく思わず、わざと当てつけのために言ったのだろうか？　……一体なぜ？

マルセル様は少しだけムッとした顔をみせたが、ヨハン先生はそれをものともせず笑みを浮かべる。

「ヨハン先生をはじめ、こちらにいらっしゃるみな様のお陰です。ありがとうございました」

「病人を助けるのは当然のことだよ。……ところでマルセル。アゼリアになんの話をしていたのだ？」

ウォルター様が厳しい口調でマルセル様に尋ねる。

「アゼリアがこの屋敷を出て、ケリーと教会に身を寄せるというので残るように説得を――」

「アゼリアさん。この屋敷を出て教会へ行くつもりですか？」

マルセル様の言葉を聞いてヨハン先生は驚いたように尋ねる。

「はい。そのつもりです」

「でも、教会ではゆっくり療養できないのでは？」

「ええ、そうかもしれませんが……」

するとヨハン先生がケリーを見た。

「君がケリーかい？」

「はい、そうですけど？」

きょとんとした表情でケリーはうなずく。ヨハン先生の質問の意図がわからず、私は静かに続きの言葉を待つ。

「アゼリアさん。ケリーさんと一緒に僕のところへ来るといいですよ。あの診療所は一軒家になっていて、いくつか部屋も余っています。何より医者の僕と暮らせば安心だと思いませんか？」

「それはだめだ！　アゼリアは……どこにもやらない！」

真っ先に声を上げてマルセル様が反論した。

「なぜ反対するのですか？　おふたりはもう婚約を破棄するのですよね。あなたには何も言う権利はないはずです」

するとヨハン先生は首をかしげる。どうやらすでに事情を知っているようだ。

「そ、それは……たしかにそうかもしれませんが……」

「あなたのお父様の……尊敬するウォルター先生の前で、あまり言いたくはありませんが、あなたがもっとアゼリアさんのことを見ていてくだされば、病がこれほど悪化することはなかったのではありませんか？」

ヨハン先生は厳しい顔つきでマルセル様を見た。

「たしかにヨハン先生の言う通りだ。マルセルがもっとアゼリアを気にかけていれば、こんなことにはならなかった。もうお前は何も口出しをするな。すべてアゼリアに任せよう」

「私もアゼリア様に決めていただきたいです」

ウォルター様に続き、ケリーもうなずく。

「え……？」

みんなの視線が私に集中する。マルセル様は必死の眼差しで見ているけれど、婚約破棄するのにここに置いてもらうわけにはいかない。教会にふたりで身を寄せればシスターたちに迷惑をかけてしまう。かといって、ヨハン先生のお宅にお世話になっていいのだろうか？

「実は……」

するとヨハン先生の口から意外な言葉が出た。

「あの診療所が一軒家になっているのは、ゆくゆくは入院患者さんを受け入れようかと考えていたからなんです。だから何も遠慮する必要はありませんよ？」

それならヨハン先生のお宅でお世話になるのが一番いいのかもしれない。何より身体に不調をきたしてもすぐに診察してもらえる。

「それでは恐れ入りますが、診療所でお世話になってもよろしいでしょうか？」

「ええ、その返事を待っておりましたよ」

笑みを浮かべて私を見つめるヨハン先生。その笑顔を見ると、不安な気持ちも和らいでくる。

「そんな！　アゼリア、本気で言ってるのか⁉」

「よしなさい、アゼリアの意思なのだから」

ウォルター様に止められ、マルセル様が今にも泣きそうな顔で目を伏せた。

その姿を見たとき、なぜか自分の胸がチクリと痛んだ。私はマルセル様にとってお荷物でしかないのに、なぜそこまでして反対するのだろう？

「あの、本当に私までアゼリア様とご一緒させていただいてよろしいのですか？」

ケリーが目をキラキラさせてヨハン先生に尋ねた。

「当然、大歓迎ですよ」

「ありがとうございます。では早速荷造りと準備をしますね」

「ええ。ぜひそうしてください。数人ならいつでも入院できるように部屋を整えてあります。まだ誰も利用したことがありませんが、お手伝いさんが毎日掃除をしているのでご安心ください」

笑顔でうなずくヨハン先生。もしかして今からヨハン先生のお宅に？

「まさか今から行くつもりか？　いくらなんでも急すぎだろう」

「マルセル、いい加減にしないか。お前のやるべきことは、フレーベル家に行ってアゼリアとの婚約破棄の話をすることだろう？」

慌てる様子のマルセル様をウォルター様が咎める。

「わ、わかりました……」

「ではみな様、アゼリア様の準備をするのでお部屋から出ていただけますか？」

ケリーの言葉を聞き、ヨハン先生とウォルター様が部屋をあとにする。最後にマルセル様が部屋を出ていこうとして……こちらを振り向いた。

「……アゼリア、これで終わりじゃないよな？　婚約破棄してお前がこの屋敷からいなくなっても会うことくらいは叶うよな？」

「マルセル様……」

思いもかけない言葉になんと返事をすればよいのかわからずに、戸惑ってしまう。何しろ私とマルセル様との関係はもう終わりだと思っていたから。

「悪かった……。今部屋を出るよ」

何も言えないままでいる私に、マルセル様は傷ついた表情を浮かべると、肩を落として部屋を出ていってしまった。

それから約一時間後、ハイム家が用意してくれた馬車の前にいた。

「マルセル様、先生、ウォルター様、いろいろお世話になりました。私が助かったのはみな様のお陰です。あらためて本当にありがとうございました」

「いや、いいんだよ。私も医者として、定期的にこれからアゼリアの様子を見に行くからな。まずは体力が戻るまで、栄養と睡眠をしっかり取るのだよ？」

「あなたは私の優秀な教え子であるだけでなく、可愛い娘のようだもの。体調がよくなったらいつでも遊びに来てちょうだい。今度は教え子としてね」

ウォルター様と先生は名残惜しそうに私の手を握りしめてくれた。

「先生、ウォルター様、ありがとうございます。……マルセル様」

マルセル様のほうを見ると、彼は少し苦しげな表情を浮かべていた。

「明日フレーベル家にアゼリアとの婚約を破棄することを告げに行くから、もう何も心配することはない。それと……いや、なんでもない。……いろいろすまなかった」

マルセル様は何か言いたそうにしていたが、周囲をチラリと見ると口を閉ざしてしまった。

「それではそろそろ行きましょう」

マルセル様の話が終わると、ヨハン先生の手を借りて馬車に乗り込んだ。御者が手綱を振るい、馬車は音を立てて走り出す。

窓越しにマルセル様と視線が合った。その顔はひどく青ざめている。

「マルセル様……」

思わずポツリとつぶやくとケリーに声をかけられた。

「アゼリア様？」

「窓からマルセル様が見えただけよ……。なんだか顔色が悪いみたいなの」

「おそらく罪悪感からではないですか？　彼はずっとアゼリアさんの具合が悪かったことに気づきすらしなかったのです。だから罪悪感でいっぱいなのでしょう」

ヨハン先生が真面目な面持ちで話す。

「え……？　罪悪感……ですか？」

私は馬車の窓から遠ざかっていくハイム家をじっと見つめた。

アカデミーの高等部に入学してから、私はどれだけハイム家に通っただろう。フレーベル家よりもずっと楽しい時間を過ごした思い出の屋敷。

先ほどのマルセル様の青ざめた顔が脳裏に浮かぶ。思い出すと胸がしめつけられる。私はマルセル様をひどく傷つけてしまったのではないだろうか？

だけど……これでよかったのだ、だって私たちは完全に他人になるのだから。

「アゼリアさん。診療所までは二十分ほどかかります。その間、休んでください。ケリーさんも疲れているでしょう。到着したら、ふたりとも起こしてあげますよ」

ヨハン先生は馬車の中で眠そうにしているケリーにも声をかけた。

「は、はい……ありがとうございます……」

返事をしたケリーはそのまま目を閉じると、馬車の壁によりかかり眠ってしまった。私も疲れがたまっていたのか……いつしか目を閉じ、眠りについていた。

第六章　ヨハンの秘密と隠された事実

揺れる馬車の中で寄り添うように眠るアゼリアとケリー。用意しておいた膝かけをふたりにかけてあげると、僕――ヨハン・ブレイズはアゼリアの顔を見つめた。

「アゼリア……かわいそうに……こんな身体になってしまうなんて……」

目を閉じて眠る彼女は青白くやせ細り、見るのが辛くなるくらいだった。寝顔を見つめながら、僕は初めて彼女と出会ったころを思い出していた。

今から二十年前。

僕は八歳で両親を亡くし、教会グリーンヒルに預けられた。そこで母親代わりのシスターエレナと僕より年下のふたりの少年と一緒に暮らしていた。

僕らは子どもながら畑仕事をして、収穫したものを売って生活していた。決して裕福とは言えない暮らしだったが、それでもみんなで協力して温かい日々を送っていた。

そんな五月のある日。教会の裏で畑仕事をしていた僕たちのもとへ、慌てた様子のシスターエレナが腕の中に何かを抱え駆けてきた。

『た、大変よ！　教会の前に赤ちゃんが捨てられていたわ！』

『赤ちゃん!?』

ひとつ年下のオリバーは鍬《くわ》を放り投げ、五歳のベンジャミンは持っていた芋を投げ捨ててシスターエレナのもとへ走っていく。

『こら！　ふたりとも投げ捨てていったらだめだろ！』

僕は鍬《くわ》を隅に寄せ芋を籠《かご》の中に入れると、急いで向かった。早速赤ちゃんを見せてもらう。

『うわぁ……すごく可愛い』

その子はバラ色の肌に、柔らかな栗色の髪のとても可愛らしい赤ちゃんだった。目を閉じてスヤスヤ眠る姿はまるで天使のようだ。

『シスターエレナ。この赤ちゃんの名前はなんて言うんですか？』

『「アゼリア」よ。ほら、ペンダントと一緒に手紙が入っていたの。ヨハン、ペンダントについているボタンを押してごらんなさい』

僕はシスターエレナからペンダントを受け取り、ボタンを押すとふたが開く。中にはとても立派な恰好をした若い男の人と、腕に赤ちゃんを抱いている女の人の写真があった。この子のお母さんだろうか？

『すっげぇ～。俺、写真なんか初めて見た』

『僕も！』

オリバーとベンジャミンは写真に夢中になっている。

でも僕はアゼリアに興味があった。だってこんなに可愛い赤ちゃんなんて、生まれて初めて見たからだ。

『写真を撮るくらいだから、ひょっとするとアゼリアはとても身分の高い人たちの子どもだったのかもしれないわね？』

シスターエレナは腕の中のアゼリアに話しかけている。

『そっか……それじゃアゼリアはこの教会のお姫様だね！』

『何がお姫様だよ、大げさだな』

ベンジャミンの言葉にオリバーはフンと鼻を鳴らしたけど、僕もベンジャミンの言う通りだと思った。アゼリアは僕たちの、この教会のお姫様だ。

それから僕たちはみんなでアゼリアの誕生日を決めることになった。この教会では子どもたちのお誕生日会を開くことが決まりだ。特別な日でもない限り、貧しい僕たちはケーキを食べられない。

オリバーは自分と同じ誕生日の十月にしようと言い、ベンジャミンは八月がいいと言い出す有様でもう滅茶苦茶だ。するとシスターエレナが僕に尋ねてきた。

『ヨハン、あなたはいつがいいと思う？』

『アゼリアって名前だから、きっとアゼリアの花が咲く季節に生まれたのだと思うんです。この教会のまわりのアゼリアが咲くのは四月だから……アゼリアの誕生日は四月の……今日が五日だから、四月五日はどうですか？』

『そうね。まだアゼリアはこんなにも小さくて首も座っていないわ。生まれた時期も合っているかもしれないわね。四月五日に決めましょう。オリバーもベンジャミンもいいかしら？』

シスターエレナの問いかけに黙ってうなずくオリバーとベンジャミン。

『ヨハン、あなたはこの教会の子どもたちの中で一番年上だから、アゼリアを頼むわね。この子のお兄ちゃんとして守ってあげるのよ』

『はい。シスターエレナ』

シスターエレナは僕をじっと見つめた。

もちろん言われなくたってそうするつもりだ。こんなに天使のように可愛いのだから守るに決まっている。アゼリアのお世話係に任命されて、僕は誇らしい気持ちでいっぱいだった。

『僕がアゼリアを絶対に守るよ』

眠るアゼリアに向かってそう微笑んだのだった。


季節は流れて八月。

僕はすっかりアゼリアのお兄ちゃんであり、お母さん代わりにもなっていた。

いつものようにアゼリアを抱っこして子守唄を歌っていると、いきなり部屋の扉が乱暴に開かれて、オリバーとベンジャミンが飛び込んできた。

『大変だよ！　今えらそうな貴族が、この教会で一番小さな子どもがほしいってシスターエレナに会いに来てるんだよ！』

『ようしえんぐみ？　っていうのをしたいんだって。と、とにかくこのままじゃ僕たちのアゼリアが取られちゃう！』

　ふたりは今にも泣きそうになっている。

『そ、そんな、アゼリアが……』

　大切なアゼリアを手放さなくてはいけないなんて絶対にいやだ。だけど、子どもながらに働かなくちゃ食べていくことだって難しいほど僕たちは貧しい。

『アゼリアの幸せを願うなら、もらわれていったほうがいいのかも……』

　僕の言葉にオリバーとベンジャミンが泣き出した。僕もつられて涙がこぼれ落ちる。どうしていいかわからないままでいると、シスターエレナが部屋に入ってきて青ざめた顔で僕を見た。

『ヨハン……アゼリアを渡してくれる？　若い伯爵夫妻がアゼリアをもらいたいと言ってるのよ。この教会は貴族たちの寄付がなければやっていけないの。あなたは賢い子だから、言っている意味がわかるわよね？』

　離れがたい気持ちを押し殺し僕はシスターエレナに渡す。すると、アゼリアが激しく泣きだした。

『フ、フウェエエエエッン！』

『アゼリア！』

僕は思わず叫んだ。

『ごめんなさいね。許してちょうだい……！』

シスターエレナはそれだけ残して、アゼリアを連れていってしまった。

『アゼリア泣いてたよ！』

『僕たちと離れたくないんだよ。どうして行かせちゃうんだ！』

オリバーとベンジャミンが泣きながら僕に訴える。

『僕だって行かせたくないよ。だ、だけど……仕方ないじゃないか』

耐え切れず僕が大きな声を上げて泣き出すと、ベンジャミンもオリバーも再び激しく涙を流す。

ごめん、アゼリア。僕はお兄ちゃんになるって約束したのに一緒にいてあげられなくて……

泣きながら僕は心の中でアゼリアに謝り続ける。そして、この日アゼリアはフレーベル家にもらわれていった。

それはアゼリアがこの教会にやってきて、ちょうど三か月目の出来事だった。


アゼリアがもらわれていって二年後、僕は十歳になり、親切な町の人たちのお陰で、町の子どもたちが通っている公立学校へ通えていた。

今日は月に二回のアゼリアとの面会日。僕たちは教会の外でアゼリアがやってくるのを今か今かと楽しみに待っていた。

しばらくすると辻馬車が教会に到着し、婆やのアリスンさんに抱っこされたアゼリアが馬車から降りてきた。

『アゼリアッ！』

僕たちは笑顔で手を振り駆け寄った。

『お兄ちゃ～ん』

『いらっしゃい、会いたかったよ！』

地面に降ろしてもらった途端、アゼリアはニコニコしながら手を伸ばす。僕は彼女を抱っこして頭を撫でた。

『うん。わたちも』

アゼリアは僕の顔に頬をなすりつける。

『うわ～。アゼリア、おしゃべりが上手になったね』

アゼリアは会うたびに話すのがどんどん上手になってきている。離れて暮らすのはとても寂しいけれど、面会日に彼女の成長を知るのは何よりも楽しかった。それからみんなでシスターエレナの手作りクッキーを食べ、絵本を読んだりお散歩したりと楽しい時間を過ごす。

気がつけば、あっという間にアゼリアの帰る時間になってしまった。遊び疲れて眠ってしまった彼女をアリスンさんが抱っこして馬車に乗り込む。

『アリスンさん、また来月来てくれるよね？　僕、アゼリアに絵本の続きを読んであげるんだ』

アリスンさんはとっても困った表情を浮かべた。一体どうしたのだろう。オリバーもベンジャミンも不思議そうな顔でアリスンさんを見る。

『ほ、ほら。みんな。だめよ。アリスンさんを困らせたら』

シスターエレナが僕たちに声をかけてきた。

『僕はただ――』

『そのことはあとで説明するわ。さ、遅くなるので馬車を出してください』

シスターエレナが御者に声をかけると、すぐに馬車が動き出した。アリスンさんが窓から顔を出す。

『みんな……ごめんなさい……！』

アリスンさんは泣いていた。

僕はその顔を見たとき、すごくいやな予感がした。そしてその予感は的中する。

シスターエレナから聞かされたのだ。アゼリアに妹が生まれ、アリスンさんが妹の姿やに選ばれたこと。さらにアゼリアがもう教会に訪れることはなくなってしまったと。

ごめんね、アゼリア。守ってあげると誓ったのに。まさか、こんなに早くアゼリアとお別れすることになるなんて……僕の身分では伯爵家なんて会いにいくことさえ叶わない。

貴族の身勝手で二度も大切なアゼリアと僕たちは引き離されてしまったのだ。

だけど学校の先生が、たとえ貧しくても勉強を一生懸命頑張れば、結果がついてくるって言っていた。

『もしいつかまた君に会えたら、そのときは必ず守ってあげる』

僕は決めた。勉強を頑張って、お金持ちにだって貴族にだって尊敬してもらえる人間になってやるって。


それからの僕はアゼリアを失ってしまった心の穴を埋めるかのように、ますます勉強に励んだ。

公立の学校で優秀な成績を収めた特権として、首都にある全寮制の名門校に通うことが決定し、十五歳でお世話になった教会を出た。この学校は成績が優秀であれば、身分など関係なく入学でき、さまざまな分野を学べる素晴らしい場所だった。

僕はそのあと、併設された医学部に進んだ。

貧しくてまともな診察を受けられない人たちを助けてあげられる医者になるのが僕の夢だったからだ。そこで八年間しっかり学び、二年間国立大学病院で勤務したあと、僕は故郷『リナリア』に戻り診療所を開業した。

必要最低限の診察代しか受け取らないと、僕の診療所は徐々に町の人たちに浸透していった。評判が人を呼び、やがて人手が足りない僕のために看護助手兼、受付としてある婦人が名乗りを上げてくれた。

この町の人々は本当によくしてくれて足りないものは何もなく、収入のほとんどは名前を伏せて育ててくれたグリーンヒルに寄付していた。そして診療所が軌道に乗ってきたある日のこと……それは不意に訪れた。

病に侵されたアゼリアが僕の診療所へやってきたのだった。

第七章　古い記憶とヨハンの告白

「アゼリアさん、アゼリアさん……」

誰かが私を呼んでいる……

「目を開けてください。アゼリア様！」

突然大きな声で名前を呼ばれ、驚いて目を開けると、ケリーが涙ぐみながら私を覗きこんでいた。

「え……？　ケリー。なぜ泣いているの？」

「グスッ……よかった……私、てっきりアゼリア様が死んでしまったのかと思いました」

「え、なぜそうなるの？」

ケリーの突拍子もない言葉に私は目をパチパチさせた。馬車の向かい側に座るヨハン先生も苦笑している。

「ほら、言ったじゃないですか。アゼリアさんはただ眠っているだけですよって。ちょっと深く眠っていたようですけど」

「だ、だって、アゼリア様の顔色が真っ白だったから、私……！」

「たしかにアゼリアさんはまだ決して体調がよいとは言えません。だからしばらくの間は僕の診療所で入院という形で療養しましょう。栄養のある食事に薬、点滴治療も行っていきます。いいですね？」

ヨハン先生は優しい声音で告げる。

「はい、わかりました」

「さぁそれではどうぞ。アゼリアさん、ケリーさん」

馬車から降り、ヨハン先生が案内してくれたのは診療所とは違う入り口だった。裏手に回ると小さな庭があり、その先に勝手口らしき扉がある。

「すごい……素敵なお庭ですね」

ケリーが感心している。それは私も同感だった。

小さなお庭ではあるけれど、花壇や畑、プランターが並び、えも言われぬいい香りが漂っている。ひょっとするとハーブかもしれない。

「ここではジャガイモとニンジン、カボチャやハーブをいくつか育てています。そろそろトマトの苗も植えるつもりです。畑仕事には慣れ親しんでいますからね」

「まぁ、ヨハン先生は畑仕事が得意なのですね。なんだか意外です」

「え、ええ……。そうなんですよ。意外だったかな？」

ケリーの言葉にヨハン先生は一瞬言葉をつまらせて私を見た。気のせいだろうか？　ヨハン先生の顔がすごく寂しげに映る。

「あの、ヨハン先生。どうかしましたか？」

私が声をかけると、ヨハン先生はすぐに笑顔に変わり扉を開けた。

「いいえ、なんでもないですよ。ではアゼリアさん、ケリーさん。とりあえず中へ入りましょう」

私とケリーは先生のあとに続き家の中へ入る。

そこは台所になっていた。青いタイルの流し場には水道の蛇口がふたつ壁から伸びている。その隣には鉄製のチェストのようなものが設置してあり、鍋やヤカンが置かれていた。あれは一体なんだろう……？

「すごい！　ヨハン先生はクックストーブをお持ちなのですね？」

ケリーが歓喜の声を上げる。

「はい。そうですよ。あれがあると料理が楽になりますからね」

「クックストーブって何かしら？」

するとケリーが教えてくれた。

「ほら、正面に扉がついていますよね？　この扉を開けて薪を入れると、なんと火を熾《おこ》せるのです。上の天板に鍋をのせて調理できるのですよ。あっ、そうだ、ヨハン先生！」

「なんですか？　ケリーさん」

「私がおふたりのお食事を作ります。いえ、作らせてください。こう見えて私、お料理得意なんですよ？　あと私、一度でいいから……あれを使ってお料理をしてみたかったんです」

ケリーがヨハン先生に尋ねる。

フレーベル家で彼女が料理をしたことは一度もない。私に個人的に雇われたケリーのことが気に入らず、使用人たちが意地悪をして厨房に入れなかったからだ。私のせいでずいぶんケリーにも辛い思いをさせてしまっていた。

「そうですね。ではケリーさんに食事係をお願いしましょうか？」

「はい！」

「よろしくね、ケリー」

あの屋敷は私とケリーにとって針のむしろ状態だったけれど、少しずついい方向へ変わっているように感じる。

「はい、お任せください。ヨハン先生にどんな食材がアゼリア様にとってよいのか、アドバイスをもらいながら料理を頑張りますね？」

ケリーは本当にうれしそうで、こんなに無邪気な姿を見るのは初めてだ。

「本当にありがとうございます。ヨハン先生」

「アゼリアさんのためですから当然のことですよ。それでは部屋を案内します」

改めてお礼を述べると、ヨハン先生は優しげな笑みを浮かべる。そして二階の角部屋に案内してくれた。

「この部屋を使ってください。療養するには一番奥の角部屋が落ち着けると思いますから」

扉を開いて真っ先に目に入ってきたのは、大きな出窓と淡いグリーンのカーテン。さらに二台のクローゼットが並べられ、右側の壁際にはベッドが置かれている。

こぢんまりした部屋だったけれども、どこか温もりを感じて私はすっかり気に入った。どのくらい暮らすことになるのかわからないけれど、今日からここでお世話になるのだ。

「ありがとうございます。落ち着いた雰囲気のお部屋でとても気に入りました。何より安心してお部屋で過ごせます」

「安心？　それは一体どういう意味でしょうか？」

ヨハン先生が眉をひそめた。

「お屋敷に住んでいたころは、アゼリア様の授業やレッスンの先生方が勝手に部屋に入ってきていました。お部屋を空けているときはメイドたちが本を破いたり、数少ないアゼリア様のアクセサリーを勝手に盗んだりといろいろな悪さをしていたのです」

説明するケリーの声が次第に元気をなくしていく。そのときのことを思い出してか、今にも泣きそうな顔でケリーは肩を震わせた。

「アゼリア様の食べ物だって……私だけでは太刀打《たちう》ちできなくて……捨てられたり……」

「い、今の話、本当ですか？」

震える声でヨハン先生が尋ねてきた。

「はい」

私はケリーの肩を抱きながら答える。ヨハン先生は今にも泣きそうな顔で私を見ていた。その表情に私は驚いてしまう。

「アゼリアさん、本当に申し訳ありませんでした。あなたが家族に病気の話を告げるのを断ったときに、無理矢理にでもここへ連れてくるべきでした。ただ、医者の立場でそこまで踏み込むわけにはいかなかったのです。何よりあなたは貴族でしたから……」

その声には悔しさが滲んでいた。でも、ヨハン先生は私を救ってくれた恩人に違いはない。

「ヨハン先生は行き場のない私をここへ連れてきてくださいました。私はマルセル様のお宅でお世話になるわけにはいきませんでしたし、本当にありがとうございます」

「私も感謝しています。アゼリア様と一緒にいられるように取り計らってくださったのですから」

「アゼリアさんは……本当に辛い生活を送ってこられたのですね……」

「たしかにそうかもしれませんが、それでも、うんと子どものころは幸せな時代があったのですよ」

私はなぜかふと、遠い昔、私に愛情を注いでくれた女性のことを思い出す。

「そうなのですか？　もし差し支えなければ教えていただけますか？」

「はい。私には二歳まで育ててくれた、アリスンという優しい婆やがいました。彼女がいたから両親に愛情をもらえなくても、二歳まで私は幸せに暮らせていたのです」

私は一番古い子どものころの記憶を話し始めた。

◇　◇　◇

おそらく私が二歳を過ぎて、季節はたしか初夏を迎えるころだったはず。

その日は朝からお屋敷がバタバタしていた。アリスンは私の部屋で、いつものように私を膝の上に乗せて絵本を読んでくれていた。

『ねぇアリスン。今日はおうちがうるさいね〜』

『ええ、今日アゼリア様に弟か妹が生まれるからですよ。きっと奥様のことですから、可愛らしい赤ちゃんを産むでしょうね』

『え、本当？　私、お姉ちゃんになるの？　赤ちゃんが生まれたらう―んと可愛がってあげるんだー。フワアアア……』

なんだか眠たくなってきちゃった。

『あらあら、アゼリア様はおねむのようですね。おやつにはまだ早い時間ですから、お昼寝しましょうか？　目が覚めたらおいしいクッキーをあげますね』

『うん……』

もう瞼《まぶた》が重たくて開けていられない。目をつぶるとアリスンの声が聞こえた。

『おやすみなさい。アゼリア様』

『やだ、怖いっ！　あっちへ行って！』

夢の中で私は怖いおばけに追いかけられていた。

『アリスン、助けて！』

自分の声で目が覚めるとだーれもいない。

『やだ。アリスン、どこ……？』

広い部屋にひとりぼっちはとっても怖い。いつも起きると頭を撫でてくれるアリスンがいない。

高いベッドの上からなんとか降りて、裸足で部屋を飛び出した。

『アリスン……どこぉ……？』

キョロキョロしながら廊下を歩いていたら、突然上から怖い声が聞こえてくる。

『まぁ、アゼリア様、だめじゃないですか。今日はずっとお部屋にいるように、奥様から言われていませんでしたか⁉』

びっくりして見上げると、怖い顔をして睨みつけてくるメイドさんがいた。

私は怖くて涙が出そうになる。だけど、涙が止まるように神様に祈った。だって私が泣くとみんな怒るんだもの。泣いても怒らないのはアリスンだけ。

『アリスンは……？　アリスンはどこ……？』

泣かないように目をごしごしこすりながら、目の前の怖いメイドさんに聞いた。

『アリスン様ですか？　それなら奥様の部屋に呼ばれて……って、どちらへ行くのですか！』

メイドさんが怖い声で叫んでいるけど、アリスンがお母様の部屋にいるなら私も行かなくちゃ。

私は全速力で走り出す。

大丈夫、一度も入ったことはないけど、お母様の部屋なら場所は知っている。絶対ドアを開けてくれないけれど、どうか受け取ってくださいとお祈りしながら、いつもお花を扉の前に置いておくから。踏みつけられたお花がドアの前に落ちていたときは、すっごく悲しかったな。

どうしてお父様もお母様も私をアリスンみたいに可愛がってくれないのかな？　私のこと、きらいなのかな？

……悲しくてまた涙が出そうになっちゃった。あっ、そうだ！　アリスンに会えたら、抱っこしてもらおう！

『お母様！　アリスン！』

いつもの私ならお行儀よくノックするけど、この日はバッと扉を開けた。

『アゼリア！　なぜ部屋から出てきた!?　今日は大事な日だから部屋から一歩も出るなと言っていただろう』

部屋に入るとお父様がいて、ものすごく怖い顔で私を怒ってきた。

『あ……ご、ごめんなさい……ア、アリスンに会いたくて……』

怖いけど泣けばもっと怒られちゃう。だから泣いちゃだめ。

『アリスンは、もうお前の婆やではなくなった。今日から娘の婆やになったからな』

『娘？　私もお父様の娘でしょう？』

『ああ、実の娘じゃないから偽物の娘だけどな？』

……にせものって何？　難しい言葉で意味がよくわからない。

『旦那様！　そのような言い方はあんまりです！』

アリスンがベッドのカーテンの後ろから出てきた。

『アリスン！　抱っこして！』

アリスンのそばへ駆け寄ろうとした途端、お父様が私の腕を掴む。

『近づくな』

そのまま部屋から引っ張り出されて怒鳴られた。

『誰か、誰かいないかっ！　アゼリアを部屋へ閉じ込めておけ』

お父様はそれだけ言うと、私を睨みつけ部屋の中へ戻っていってしまった。

『待って、お父様！　アリスンは⁉』

『ああ、本当にうるさいお嬢様ですね。私たちの仕事を増やさないでくださいよ』

怖い顔で睨むメイドさんが私の手をグイグイ引っ張って歩きだす。そんなに速く歩かないで。

そう言いたいけど……怖くて何も言えない。私は何度も転びそうになってしまい、そのたびにメイドさんに怒られながら、部屋まで連れていかれた。

『部屋で大人しくしていてください』

乱暴に突き飛ばされて、床に尻餅をついてしまう。

『痛いよ……』

痛くて涙が出たけれど、メイドさんは私を睨んで部屋から出ていってしまった。膝を抱え、グズグズ泣きながら私はベッドの上でずっとずっ～とアリスンを待つ。

でもお日様がオレンジ色になっても来てくれない。部屋はだんだん薄暗くなってきて、私はますます怖くて、寂しくてたまらなくなってきた。

『暗いよ……怖いよ。来てよアリスン……お部屋明るくしてよ……』

アリスンがくれた大きなウサギのぬいぐるみをギュッと抱きしめる。泣きすぎて頭がズキズキする。そのとき扉が開いた。

『アリスンッ！　怖かったよ～！』

ベッドから降りて、部屋に入ってきた人に抱きついた。

……あれ、アリスンじゃない……？

『まぁ、なんですか？　突然、抱きついてきたりして。しかもなんでこんな暗いお部屋にいるのですか？』

知らないメイドさんが私を見下ろしていた。なんだか怒っているみたい。

『アリスンは……？』

『アリスンさんなら、もうアゼリア様のお部屋にはいらっしゃいませんよ。今度から私たちメイドが日替わりでアゼリア様のお世話をすることに決まりました』

『もう来てくれないの？　どうして⁉』

ひとりぼっちはいや……悲しくて寂しくてまた泣きたくなってきちゃった。

『とにかく離れてください。こんな暗い部屋じゃ何もできませんから』

眉を吊り上げたメイドさんは私から離れて明かりをつける。

『明るくなったね』

アリスンは、みんなと仲良くなれば今より幸せになれますよっていつも言っていた。少しでもメイドさんと仲良くならなくちゃ。

『なんですか？　こんな小さいころから人に媚びを売るような真似をして』

私はニッコリ笑うけれど、メイドさんに怖い顔で睨まれてしまう。

『二歳なのに妙に口が達者なのも怖いわね。どこかで自分への仕打ちをペラペラ話してしまうかもしれないわ。だから旦那様も奥様も、お嬢様が生まれてもアゼリア様を手放さないのね。とにかく今日は夕食はひとりで召し上がってください。旦那様方は赤ちゃんのお世話で忙しいのです』

『どうして一緒に食べてくれないの？』

いつもアリスンと食べていたのに。ひとりで食べるのは寂しいな……首をかしげたら、メイドさんはますます私を睨みつける。

『なぜ私がアゼリア様と一緒に食事をとらなければならないのですか？　まったく仕事が忙しいっていうのに、今度は子守りまで……。はぁ、子どもが好きなメイドに任せればいいのに』

なんだか、すごく怒っているみたい。それじゃいい子にならないとだめだよね……？

『私、ひとりで食べます。ごめんなさい』

『そう、わかればいいのですよ。日替わりでアゼリア様のお世話にまいりますから、早くひとりでなんでもできるようになってくださいよ。今から食事を持ってきます』

そしてメイドさんはまたお部屋を出ていってしまった。

結局メイドさんの言葉通り、この日から私は本当にひとりにされてしまった。なぜかわからないけれど、次の日から住む場所まで今まで住んでいたお屋敷の、隣のお屋敷に変わったのだ。

日替わりで私の世話をするために、数人のメイドさんがそのお屋敷に住み込みをしていた。食事を運んできてくれたり、洗濯や掃除といった必要最低限のことはしてくれた。けどそれ以外は本当に何もしてくれなかった。仕事する姿を見よう見真似で覚えて、言われた通りなんでもひとりでできるように頑張った。


やがていくつもの季節が過ぎて、私は六歳の誕生日を迎えた。その日は突然訪れた。

『今、なんて言ったの？』

食事を下げにきてくれた、今日の担当のメイドさんが教えてくれた。

『旦那様がアゼリア様をお呼びなのです。三十分後に迎えにまいりますから、仕度《したく》してくださいね。髪の毛は……』

『大丈夫。自分でなんとかするから』

メイドさんが長く伸びた私の髪をチラリと見たことに気づいて、すぐに返事をする。

メイド長にあまりメイドさんの世話になってはいけませんと言われていたから。もし何かお願いすれば、たちまちメイド長に話が伝わって、罰として食事を抜かれてしまうかもしれない。

それに今日の担当メイドさんは、いつも何か考えているような……思いつめたような表情でいるから、怒らせないように特に気をつけないと。

『わかりました。では後ほど参ります』

メイドさんは食べ終えた食器をワゴンに乱暴にのせると、急ぎ足で去っていった。

『お父様とお母様に会うのだったら、こんなワンピースじゃだめよね』

今着てるワンピースは普段着として使いまわしていたからすっかり色あせて、みすぼらしい。あまり服を持っていないからしかたないのだけど。

私は早速クローゼットの扉を開けた。このクローゼットは、私がこの離れに連れてこられたときに両親からしばらくここで暮らすのだからと持たされたもので、服がサイズごとに分けられている。

『もう大きくなったから、このワンピース着られるかしら？』

ハンガーにかけてあるワンピースを手に取って試しに自分に当ててみた。

『うん、着られそう』

それは、袖と裾にフリルのついたお出かけ用のピンク色のワンピースだった。これが一番可愛いはず。

『早く準備しなくちゃ』

そうして私は急いで仕度《したく》を始めた。

『アゼリア様、お仕度《したく》できましたか？』

着替えが終わったころ扉が開かれて、さっきのメイドさんがやってきた。

『うん、今終わったところ』

ドレッサーの前にいた私はブラシを置き、答える。

『ふ～ん。ほら、頭の上のリボンが緩んでいますよ？』

メイドさんは腕組みをして私を上から下までジロジロと見ると、そう言った。慌てて頭の上に手を置こうとしたとき。

『ああ、いいです。私が直しますから。旦那様の前に立たれるのですから、きちんとした身なりをしていないとなりませんからね』

メイドさんは私の背後にさっと回ると素早くブラッシングして、リボンを結び直してくれた。

『あ、ありがとう……』

そして先に歩き始めたメイドさんのあとを私はついていく。

『本館』と呼ばれるお屋敷は、私が今住んでいるところよりもずっとずっと大きく、たくさんの使用人がいた。フレーベル家がすごくお金持ちなのだと初めて知る。

『見たか？　あれが冷遇されてきたアゼリア様だってよ』

『へ～、可愛いらしい子どもじゃないか』

メイドさんについて歩く私を見て、ヒソヒソと男の人たちが話している声が聞こえてきた。

『おい、馬鹿！　今のセリフ、旦那様たちに聞かれたらどうするつもりだ！』

私のことを可愛いって言ってくれたのかな？　でもそうだとしたら、私が可愛いって言われたら、お父様とお母様の機嫌が悪くなるってこと？

『何をしているのですか？　アゼリア様。立ち止まったりして』

メイドさんは急に立ち止まった私に声をかける。

『ううん、なんでもない……』

『早く行きましょう。叱責されてしまいますよ』

メイドさんはそれだけ言うとまた歩き始めたので、私も急いであとを追った。

『ここから先は、おひとりでお入りください』

メイドさんは大きな白い扉の前で足を止めた。

緊張しながらノックすると、すぐに扉が開かれる。扉を開いたのは怖いメイド長だった。

『さぁ。お入りください』

メイド長に背中を押されるような形で、私は部屋の中へ入れられる。そこはすごく広い部屋だった。

――バタン。

後ろで扉が閉まる音が聞こえて、驚いて振り向くとメイド長の姿がない。

『アゼリア、何をしている？　早く来なさい』

声のするほうを見ると、大きなソファにお父様とお母様。そして……

『モニカ……？』

お父様とお母様の間に挟まれるように座っている、私よりも年下の女の子。初めて見るその子はお母様にそっくりな金髪だった。モニカはぬいぐるみを抱いて指をしゃぶっている。

『アゼリア、何グズグズしてるの。呼ばれたらすぐ来るのよ』

お母様はイライラした様子で手招きする。

『は、はい。ごめんなさい！　お父様、お母様。お久しぶりです。そして初めまして、モニカ』

小走りでお父様たちのもとへ向かい、近くまで来ると立ち止まる。そしてスカートの裾を持ち上げて挨拶をした。

お父様やお母様には聞きたいことがたくさんある。どうして私をひとりだけ離れに行かせたのか。どうして今まで会えなかったのか。

『ふん、元気でやっていたようだな』

『ええ。そのようね？』

最初に出てきた言葉に衝撃を受ける。

『あ、あの。お父様、お母様……』

てっきり今までほうっておいてごめんねと抱きしめてくれると思っていたのに。けれど次の言葉で、私はもっとショックを受けてしまった。

『言っておくが、お前は私たちの本当の娘じゃない。教会からもらってきた子なのだよ』

『そうよ、この子が本当の娘のモニカよ。どう？　とっても可愛い子でしょう』

お母様はそう言ってモニカの髪を撫でる。

『私……本当の娘じゃなかったから、今までほったらかしにされていたの？』

思わず声が震えてしまう。

『そんなことはどうでもいい。それよりお前には大事な話があるのだ。アゼリア、この間テストを受けたことは覚えているか？』

お父様は顔をしかめる。そんな……私がもらわれっ子だったたって話はどうだっていいの？　でもいい子にしていないと捨てられてしまうかも。怖くて何も言えない。

『あれは、お前の運命を決めるテストだったのだよ』

何日か前に見知らぬ男の人が部屋に入ってきて、図形や数字の問題を私に解かせたことを思い出す。お父様はなぜかうれしそうに私を見ていて、お母様も身を乗り出して口を開く。

『そしたらすごい結果が出たのよ？　あなたは天才だって！　採点をした先生が驚いていたわ。だから、今日からあなたに英才教育を施すわ。そのために屋敷へ戻したのよ』

『えいさい……きょういく？』

それは初めて聞く言葉だった。

『ああ、そうだ。アゼリア。お前は明日から勉学に励み、我らの悲願を叶えてもらうからな？』

お父様はうさぎのぬいぐるみの耳をかじっているモニカの頭を撫でながら、私にそう告げた。そして、それだけ話すと退室を命じたのだった。

廊下に出ると、さっきのメイドさんが私を待っていた。

『あ、あの……待っていてくれたの？』

『本日の担当は私ですから。では新しいお部屋にご案内します。迷子にならないようにしっかりついてきてくださいよ』

『う、うん』

私が返事をすると、メイドさんは私の前を歩きながら説明を始めた。

『アゼリア様、右の壁に飾られているひまわりの絵が見えますすね』

たしかに大きなひまわりの絵が飾られている。

『アゼリア様のお部屋は、このひまわりの絵が飾られている階になります。ここから三番目のお部屋がアゼリア様のお部屋です。そのまままっすぐ行くと、右手に階段が見えます。その階段を降りると、玄関に出られますからね』

メイドさんは立ち止まり、丁寧に説明してくれた。

『あ、ありがとう』

私に部屋の場所がわかるように教えてくれている。そう思うと、急にこのメイドさんと仲良くなりたくなってきた。

『では参りますよ』

『はい！』

急に元気な声を出したからなのか、メイドさんはチラリとこちらを見た。私はにっこり笑うけれども、すぐにメイドさんは再び歩き出してしまったので、慌ててあとを追いかけた。

『こちらのお部屋ですよ』

メイドさんは足を止めた。その部屋は、ひまわりの絵からきっちり三番目の部屋だった。どんなお部屋か期待していたけれども……

『これが今日から私の部屋になるの？』

『ええ、そうです』

『そう……なんだ……』

まるで慌てて用意したような部屋に見える。

窓は大きくて日当たりはいいけれど、部屋にあるのは古びたクローゼットとベッドだけ。メイドさんのほうを振り返ると、彼女は目を大きく見開いて部屋を見ている。その顔は青くなっていた。

『どうかしたの？』

『い、いえ。なんでもありません。……どうやら何か手違いがあったようですね。明日にはなんとかしておきますから、とりあえず今日はこのままこのお部屋をお使いください』

なんとかするとはどういう意味だろう。そう考えていると、メイドさんが質問してきた。

『アゼリア様、どのようなお話を旦那様から聞かされたのですか？』

『あ、あのね。私は教会からもらってきた子どもなんだって。それで私って頭がいいらしくて、えいさい教育というのを明日から始めるって言われたの。だから今日からこのお屋敷で住めるようになったの！』

私の話を黙って聞いていたメイドさんはなぜか身体をブルブル震わせている。

『あ、あの……大丈夫……？』

『これはロケットペンダントと言います。受け取ってください』

メイドさんはポケットからあるものを取り出す。それは、丸い飾りがついた首飾りだった。

『ロケット……ペンダント……？』

『はい。これはアゼリア様が教会に預けられたとき、一緒に持たされていたものだそうです。その教会の住所はこちらです』

メイドさんは私にメモを握らせてきた。

『どうしてあなたがそんなことを知ってるの？』

『私は昔あなたの婆やを務めていたアリスンの孫です。これは祖母が亡くなる前、私に託したもの。誰にも見つからず、いずれアゼリア様にお返しするようにと』

『アリスンは……もう死んでいたの……？』

私の言葉にメイドさんはハッとした表情を浮かべる。

『ま、まさか……アゼリア様は祖母のことを覚えておいでだったのですか⁉』

『う、うん。少しだけなら。でもよかった。あなたは私の味方なのよね？』

私はメイドさんの手をギュッと握りしめた。

『お名前、教えてくれる？』

『はい、私の名前はリリアと申します。よろしくお願いいたします。アゼリア様』

リリアはそのとき、初めて少しだけ笑った。

◇　◇　◇

「そ、そんな……アリスンさんが亡くなっていたなんて……」

ヨハン先生が真っ青な顔で口元を押さえている。その言葉に私は耳を疑った。

「今の言い方はまるでアリスンさんをご存じのようですけど？　どういうことなのでしょう？」

「すみません、アザリアさん。僕はあなたに今まで隠していたことがあります。僕は……グリーンヒルの出身なのです」

「ま、まさか……私をとても可愛がってくれていた少年というのは、もしかしてヨハン先生のことですか？　シスターエレナがよく話してくれていました」

「そうだよ。アザリア……僕が、その少年だよ……」

ヨハン先生はまるで泣き笑いのような表情を浮かべて、フワリと私の頭を撫でる。やはり彼が私に優しくしてくれたお兄さんだったのだ。驚きと感動が混ざった複雑な気持ちで心が震える。ということは……

「ヨハン先生は初めから、私のことを知っていたのですか？」

「あのときはとても驚いたよ。診察室に入ってきたアザリアのその緑の瞳でわかったんだ。何しろアザリアは僕にとって大切な妹のような存在だったからね。一度だって忘れたことはなかったよ」

ヨハン先生は寂しそうに笑いながら続ける。

「ただ君は病に侵されていたし、そんな状態で僕のことを話して驚かせては身体に負担がかかると思った。それに、アザリアの置かれていた立場があまりにも不憫《ふびん》で……。彼らのもとへやってしまった自分が許せなくて、今まで話せなかった」

「ヨハン先生……」

私を見つめているヨハン先生の目が潤んでいることに気がついた。まるで今にも泣くのを我慢しているかのように。

「ようやくアゼリアをあの家から助け出すことができたから、正直に話そうと思ったんだ。今まで……本当にごめん」

私は今まで勘違いしていた。この広い世界でずっとひとりぼっちだと思っていたけれど、そうではなかった。本当は、私のことを心配してくれている人たちがまわりにいたということを、病に侵されてから初めて気がつくなんて……

「アゼリア。アリスンさんはいつ亡くなったのかな？」

「リリアさんの話だと、私が五歳のときだったそうです。病気になってしまって、自分がもう長くないと悟ったときに、彼女にペンダントと教会の住所を教えてくれていたようです」

「そうだったんだね。それで、そのリリアさんという人は？」

「私が本館に移ってから気づけばいつの間にかいなくなっていました。他の使用人たちの噂話を偶然耳にしたのですが、私に親切にしたことが両親の耳に入って、クビにされたようです……」

リリアさん、カイ……みんな私のせいで……

思わずうなだれると、ヨハン先生が声をかけてきた。

「アゼリア、君は少しも悪くない。悪いのはフレーベル家の人々だよ。決して自分を責めてはいけない」

ヨハン先生は真剣な目で私を見ている。その言葉をどれほど私が望んでいたか……

自分によくしてくれた人たちが不幸な目に遭うのは、すべて私のせいだとずっと責め続けてきたけれど、ヨハン先生はそれを否定してくれた。胸に熱いものが込み上げてくる。

「ありがとうございます……そうおっしゃっていただけると生きる希望が持てます」

涙を堪えながら私はヨハン先生にお礼を述べる。

両親の期待に応えれば、いつかは私を家族として温かく迎え入れてくれるだろうと今まで必死になって努力してきた。けれども病で余命半年を切った今となっては、もうどうでもいい。もともと私は捨て子でフレーベル家に引き取られた赤の他人。本当の家族になどなれるはずがなかったのだ。

辛い過去は捨てて、これからは前を向いて……残りわずかな命を精一杯、後悔のないように生きていく。

「私、歩き回れるようになったら、やってみたいことがあります。本当の家族、私の実の両親を捜したいのです」

「なるほど。それなら僕に少しだけ考えがある」

「考え……ですか？」

私は首をかしげた。

「実は僕の知り合いで、新聞社に勤めている人物がいる。彼に相談しようかと思うんだ。彼はアゼリアのことをよく知っているし、絶対に協力してくれるはずだよ」

「私のことを知っている人ですか？」

ヨハン先生は笑みを浮かべながらうなずいたのだった。

その夜、初めて時間を気にせずにお湯を使わせてもらい、久しぶりに身体を温めることができた。お陰でとても穏やかな気持ちのままベッドにつける。

そして私は夢を見た。私は幼い子どもの姿に戻り、ペンダントに映っていた両親と三人で手を繋ぎ、美しい花畑の中を笑顔で散歩している、そんな幸せな夢。

『お父様、お母様。死ぬ前にお会いすることができて、私はとても幸せです……』

夢の中で私はふたりに告げた。

第八章　決別生活と新しいフレーベル家

眩しい朝の光で私はふと目が覚めた。瞼《まぶた》をこすり時計を確認すると、時刻は七時半を過ぎている。

「た、大変！　寝過ごしてしまったわ！」

一瞬慌てるも、ここが見覚えのない部屋であるということに気づく。

「そうだったわ。ここはヨハン先生のお宅で、私は昨日からお世話になっていたのだわ」

私はゆっくりベッドから起き上がると、朝の仕度《したく》を始めた。着替えを終えて階下に降りていくと、誰かとヨハン先生の話し声が聞こえてきた。

「まだアゼリアに会えないのか？」

「だからさっきから言っているだろう？　アゼリアはまだ寝ているって。だいたいいくらなんでも早く来すぎだろう」

聞き覚えのない声の男の人が、私の名前を口にしている。誰だろう？

「ヨハン先生、おはようございます……？」

声をかけながら姿を見せると、そこにはヨハン先生と見たことのない若い男性の姿があった。栗色にゆるい巻き毛の男性がこちらを見て、目を見開く。

「アゼリア……？　アゼリアだな⁉　会いたかった！」

その人物はそう言うと私に駆け寄り、いきなり抱きしめてきた。

「キャア！」

男の人に抱きしめられたことが一度もない私は、身体が固まって動けなくなってしまう。

「やめるんだ。オリバー。レディーをいきなり抱きしめるなんて失礼だろう？」

「ごめん、ごめん。ようやくアゼリアに会えたからうれしくてつい。また会える日が来るとは夢にも思わなかったよ。それにしてもこんなに美人になるなんてなぁ～」

ヨハン先生の言葉に、オリバーと呼ばれた男性は私から離れると笑顔を見せた。

「俺たちはほんの少しだけど一緒に教会で暮らしていたんだぜ。ヨハンから少し事情を聞いたけど、養子先でひどい目に遭っていたそうじゃないか……。そんな家を出られてよかった。それはそうと、どうやってヨハンと再会できたんだ？　いくら聞いてもちっとも教えてくれないんだよ」

オリバーさんはヨハン先生を睨みつけている。

「僕の口からは言えないよ。医者としての立場があるからね」

「な？　あの調子なんだよ」

医者としての立場……たしかにヨハン先生の言い分はもっともかもしれない。

「あの……私、ヨハン先生の患者なのです。そこで療養のためにお世話になっています」

流石《さすが》に余命と白血病のことを言うのは気が引けて、私は最低限の情報だけ伝える。

「そうか、だからヨハンと再会できたんだな。それで今は本当の家族を捜しているんだろう？　ぜひ協力させてくれよ。こう見えて俺は新聞記者なんだぜ」

けれど、オリバーさんはそれ以上質問してくることはなかった。

「オリバーは職業柄、情報集めに適していると思って昨夜連絡を入れたんだけど、まさかこんなに朝早くから訪ねてくるとは思わなかったよ」

「アゼリアがいるって聞かされたら、いてもたってもいられなくなったんだよ。それはそうと、本当の家族を捜す手がかりとか何かありそうか？」

「そうですね……。このペンダントくらいでしょうか……？」

私はオリバーさんにペンダントを渡す。すると、オリバーさんはまるで探偵のように拡大鏡でペンダントを観察しはじめた。

「ふ～ん。なるほど……裏に何か家紋のようなものが刻まれているようだな。けど、かなり汚れてよくわからないな～。このペンダントをきれいに磨けば、はっきりわかるかもしれない。ただ、今磨く道具も何もないし……」

「それなら私、ペンダントを磨いてくれるお店を探してみます。それと……シスターエレナに会いにいきたいのです。病気のことは話してあるので、今ヨハン先生のところにいますと報告したくて」

私はそう言ってチラリとヨハン先生のほうを見る。

「シスターエレナには病気のこと、話してあるんだね？」

ヨハン先生の顔が少しだけほころんだので、私はホッとした気持ちになった。

「はい。それで私の身を案じてくれていたので、会いにいって今の状況を説明しておきたくて」

「いいよ、行ってきて」

「本当ですか？」

許可をもらえないのではないかと思っていただけに、少しだけ驚いてしまった。

「うん。アゼリアには酷かもしれないけれど、後悔しないように生きてもらいたいからね。身体が動くうちにやりたいことをやったほうがいいと思うんだ。ごめん、アゼリアには自分の病気のこと、しっかり理解しておいてもらいたくて」

ヨハン先生の顔はどこか苦しげに見えた。やっぱり私の病は治ることはないのだ。

「でも僕はまだ決して諦めていないよ。完治まではいかなくても、できるだけ病気の進行を遅らせるように頑張る。だからアゼリアも生きていくために夢や希望、そして目標を持つんだよ？」

「それならもう大丈夫です。私は自分の生きるための目標をすでに見つけていますから」

フレーベル家を出る前と比べて、私の体調はずっとよくなっている。それはみんなのお陰であり、この世界でもっと生きていたいという希望を見いだせたからに違いない。

私はヨハン先生の言葉に深くうなずく。笑みを浮かべながらオリバーさんが私の頭を撫でてきた。

「オリバーさん……」

今の会話で、なんとなく私の状況を察したはずなのに何も聞かないでくれている。その気持ちがとてもうれしかった。

それから私は出かける準備をして診療所を出た。町はにぎわっていて、通りにはさまざまなお店が並んでいる。

「これだけお店が並んでいれば、銀製品を磨いてくれるお店があるかもしれないわね」

私は自分自身にそう言い聞かせると、通りに並ぶ店をひとつずつ見て回る。青空の下、日傘を差してしばらく歩いていると、ある一軒のお店が目に留まった。

「このお店ならペンダントを磨いてくれるかしら？」

中に入ると、お店の棚には磨き上げられたトレーやカトラリー、グラスが飾られていた。窓から差し込む太陽の光に当たり、キラキラと輝いている。

「きれい……」

「お客様、何かお探しですか？」

思わず見とれていると、背後から声をかけられた。振り向くと、眼鏡をかけた初老の男性がカウンターで食器を丁寧に磨いている。

「あの、こちらでシルバーペンダントを磨いていただけないでしょうか？」

「どのようなお品物ですか？」

「これなのですが……」

ショルダーバッグからペンダントを取り出し、カウンターの上に置いた。男性はそれを手に取ると、じっくり観察する。

「ほう……これはとても純度の高いシルバーですね。こんな下町で、このように素晴らしいシルバー製品に出会えるとは思いもしませんでしたよ」

「そうなのですか？」

「はい。それで、これを磨いてもらいたいとのことですね？」

「ええ、お願いできますか？」

「はい、もちろんです。このアクセサリーが光を取り戻す姿を、ぜひ私も見てみたいものですね。では少しお待ちください」

男性はそう言ってすぐにペンダントを磨き始める。私は店内にある美しい食器を見ながら待っていると、やがて声をかけられた。

「お客様、お待たせいたしました」

カウンターには磨き上げられたペンダントが置かれている。近づいてみると私の姿が映り込むくらい、きれいに光り輝いている。

「まぁ……なんてきれいなの……ありがとうございます。おいくらになりますか？」

家紋がはっきり見えるようになっていた。盾の中に王冠が彫られた繊細なものだった。

だが、その模様に心当たりはない。

「いえ、お代は結構ですよ。この店を構えて長年働いていましたが、生きているうちにこのような素晴らしいシルバー製品に出会えたのですから。それだけで満足です」

男性は幸せそうな顔で言うけれども、それでは私の気が収まらない。なんとか説得して五十オルト支払って店をあとにする。それから教会へのお土産を買うためにお菓子屋さんを探す。甘いお菓子ならきっと子どもたちは喜んでくれるはず。

そんなことを考えながら通りを歩いていると、若い女性たちが次々と入っていくお店を発見した。近づいてみると、キャンディーやクッキーが入った大きなガラス瓶がショーウィンドウに飾られている。早速店の中へ入り、お土産用のお菓子をたくさん買った。

「ふふ。少し買いすぎてしまったかしら？　でもきっと喜んでくれるはずだわ。そろそろ教会へ向かいましょう」

子どもたちの笑顔を想像すると、自然に顔がほころぶ。私は日傘を差して、教会に行くため辻馬車乗り場へ足を向けた。

しばらく馬車に揺られ教会に到着すると、私は御者に三十オルトを支払い裏口を目指した。

「フフフ……みんな喜んでくれるかしら」

扉をノックすると、シスターアンジュが開けてくれた。

「まあ！　アゼリアじゃないの！」

「こんにちは、シスターアンジュ」

「いらっしゃい、今日はどうしたのかしら？　とりあえず中に入って。今、ちょうど子どもたちとお茶の時間にするところだったのよ。アゼリアも一緒にどう？」

「ありがとうございます。実は子どもたちのためにクッキーを買ってきたんです」

「きっと喜ぶわ。みんなこの部屋にいるのよ」

シスターアンジュに促され部屋の中に入ると、すでに子どもたちが木製テーブルの前にきちんと座っていた。そこには、以前私にバラの花をくれたヤンの姿もある。

「いらっしゃい。アゼリア」

二歳くらいの小さな女の子を抱っこしたシスターエレナは私に向かって微笑んでくれる。

みんなでテーブルを囲んで楽しいティータイムが始まった。子どもたちはとてもおしゃべり好きで、まるで競争するかのごとくいろいろな話を私に聞かせてくれる。今教会の裏の畑で何を育てているか、最近教会でチャリティバザーを開いて大勢の人が集まったことなど目を輝かせて話す姿は本当に可愛らしい。

そして食欲旺盛な子どもたちを前に、私が持ってきたクッキーはあっという間になくなってしまった。

シスターアンジュによる授業が始まるようで、子どもたちは別室に移動し、部屋の中は私とシスターエレナのふたりきりになる。

「アゼリア。今日ここへ来たのは何か話があったのじゃなくて？」

「はい。フレーベル家を出たのです。実は――」

私は今までの経緯を余すことなくシスターエレナに話す。

「まぁ……アザリアがヨハンの患者だったなんて。それで今は彼のもとに身を寄せているってわけね？」

話を聞き終えたシスターエレナはかなり驚いた様子だった。

「はい、そうです。そこでシスターエレナにお願いがあります。万一フレーベル家の誰かがこの教会へ来た場合、私の居場所を聞かれても黙っていていただけないでしょうか？」

そんなことはありえないかもしれない。けれども、念には念を入れたほうがいいはず。

「わかったわ。嘘をつくのは心苦しいけど、決して居場所は話さないわ。子どもたちにも口止めをしておいてあげる。でもそういう事情なら、今後はあまりここへは来ないほうがいいかもしれないわね」

たしかに万一お母様たちと教会で鉢合わせすれば、どんなひどい目に遭わされるかわからない。もう二度とフレーベル家とは関わりたくなかった。そのうえ、教会に迷惑をかけてしまうことにもなりかねない。

「せっかく子どもたちと仲良くなれて、また遊びに来ると約束したのに……。残念でなりません」

「大丈夫。時々手紙で状況を教えてあげるわ。ずっとヨハンのところにいるのよね？」

「はい、そのつもりです」

「ヨハンはとても立派な青年よ。本人は名前を伏せているけれど、私にはわかるわ。彼はこの教会にずっと寄付をしてくれているの」

「そうなのですか。ヨハン先生はそんな話をひと言もしてくださらなかったけれど、本当に立派な方なのですね」

「そうよ。それにオリバーもとても努力して、新聞記者になったの。人一倍家族に憧れていたから結婚も早かったわ。あの子たちがほんのわずかしか一緒に暮らせなかったアゼリアに深い愛情を持っているのも、家族というものに夢を持っているからだと思うわ」

「だからヨハン先生もオリバーさんも、私を妹のように大切に思ってくれているのですね？」

シスターエレナの話を聞いて、これまでの彼らの温かい行動に納得する。

「ええ、そうだと思うわ。オリバーにも会ったということは、ベンジャミンにも？」

「ベンジャミン……？」

「あら、その反応はひょっとしてベンジャミンのことは聞かされていないの？」

「はい。名前も初めて聞きます。どなたなのですか？」

「ベンジャミンはあなたと同じ時期にこの教会にいた子で、アゼリアの次に小さい少年だったのよ。まあ私の口からよりも彼らから話を聞いたほうがいいと思うわ」

そのとき、柱時計が十六時半を告げる鐘を鳴らした。

「あ……もうこんな時間。あまり遅くなるといけないので、そろそろ私帰ります」

「そうね。みんな心配するでしょうから、そろそろ帰ったほうがいいかもしれないわね」

「あの……シスターエレナ。もうひとつだけお願い、いいですか？」

今日私がここに来たのは近況を伝えたかったのはもちろん、そして別の理由もあった。

「ええ、もちろんよ。何かしら？」

「もし私が死んだら、この教会でシスターエレナが祈りを捧げてくれませんか？」

私はここが好き。だからこの教会で私の大好きな人たちに自分の最期を見送ってもらいたかった。

「もし……アゼリアが咲いている季節だったら、棺《ひつぎ》の中にいっぱいのアゼリアの花を入れていただけますか？　贅沢《ぜいたく》なお願いかもしれませんが……」

その思いでお願いをすると、途端にシスターエレナの目に涙が浮かぶ。

「わかった、あなたの言葉通りにするわ。もしアゼリアが咲いていない季節だとしても、なんとかしてアゼリアの花を必ず手に入れてあなたの……ひ、棺《ひつぎ》に……たくさん入れてあげるわ……」

「シスターエレナ……」

その言葉がうれしくて私の目頭が熱くなる。私たちは抱き合って涙を流したのだった。


辻馬車を降りて診療所に到着したときには十七時半を過ぎていた。診療所の裏口をノックすると、勢いよく扉が開かれ、目を見開いたケリーが立っていた。その様子にただならぬ気配を感じる。

「あ……た、ただいま……ケリー」

声をかけると、途端にケリーが涙目になった。

「ただいまじゃありませんよ……。アゼリア様のお帰りがあまりにも遅いから、どこかで倒れているのではないかと思って、いても立ってもいられなかったのですよ⁉　あまり顔色がよくありませんからすぐにお部屋にお入りになってください」

「心配をかけてしまってごめんなさい。この様子だとヨハン先生も……」

「ええ、それはもうとても心配されていましたよ？」

そのとき私は鼻から鉄のようなにおいを感じた。次の瞬間、右鼻から熱い何かがトロリと垂れてくる。

「アゼリア様、鼻血が！」

眩暈《めまい》が起こり、身体がよろめく。咄嗟《とっさ》にケリーが支えてくれるけれど、彼女の白いエプロンに私の血が垂れて赤く染まってしまう。

「ご、ごめんなさい……ケリー。あなたのエプロンを汚してしまったわ」

ケリーは私を抱きしめたまま首を横に振った。

「こんなこと気になさらないでください。それよりもアゼリア様のお身体のほうがよほど大切です。お願いですから……どうかご無理はしないでください……」

私の肩にケリーの熱い涙がぽたりと垂れた。

「ごめんなさい。自分の身体を過信していたわ。これではヨハン先生にも注意されてしまうわね」

「本当に……その通りだよ、アゼリア」

背後からの声に振り向くと、白衣を着たヨハン先生が腕組みをしてこちらを見ていた。

「ヨハン先生？　あの……お仕事は……？」

いつもはとっても優しいヨハン先生のただならぬ雰囲気に、私は恐る恐る尋ねてみた。

「もう終わったよ。それよりも今からはアゼリアの時間だ。さあ診察室まで行くよ」

ヨハン先生はそう告げると同時に、私を抱き上げる。

「ヨ、ヨハン先生⁉」

その行動にケリーまで驚いた顔でこちらを見ている。私はヨハン先生に抱きかかえられながら診療所まで運ばれると、すぐに診察を受けた。

「脈拍は以前よりはよくなってきているけど、まだ貧血の症状は出ているようだ」

ヨハン先生は聴診器を外すと、じっと私を見つめてくる。

「僕はアゼリアに少しでも長生きしてもらいたい。だからもう無理をしないと約束してくれるかい？　ひとりの医者として……そして血の繋がりはないけれど、兄としてもとても心配しているんだよ」

悲しげな表情を浮かべて私を見つめるヨハン先生に申し訳ない気持ちが込み上げてくる。

「すみませんでした。せっかくヨハン先生から外出許可をいただいたのに、かえってご迷惑とご心配をおかけしてしまいました」

うなだれて謝罪すると、ヨハン先生が頭を軽く撫でる。

「ようやく自由に出歩けるようになったのに、釘を刺すようなことを言ってしまって僕のほうこそごめん。出歩くなとは言わないよ。ただ、外出時間はせいぜい三時間までにしてくれるかい？　そして帰宅後は必ず休むこと。いいね？」

「はい、わかりました」

「よし、ならケリーのもとへ戻ろう」

今夜も三人で会話を楽しみながらケリーの料理を堪能した。私はふたりにペンダントの話や、教会の話をすると、興味深げに聞いてくれた。

本当に……なんて穏やかで、優しい時間なのだろう。どうかこの時間が最期まで続きますようにと、私は願わずにはいられなかった。

◆　◆　◆

アゼリアが出ていった翌日、俺――マルセル・ハイムはフレーベル家に来ていた。

フットマンに案内されて部屋に入ると、目を疑った。よりにもよって俺が以前アゼリアにプレゼントしたドレスを、モニカがまるであてつけのように着ていたからだ。

その姿を見た途端、怒りが湧きあがってくる。

「この間はあのようなことになってしまい、もう二度とマルセル様はこちらに来ていただけないのかと心配しておりました。でもよかったわ。さ、こちらへ来てお座りになって？　私もモニカもマルセル様をお待ちしていたのですよ」

夫人はそう言って、俺に向かって手招きをする。ずいぶんと上からの態度に俺は苛立つ。

「失礼いたします」

憤りを抱えながらもふたりの向かい側のソファに座ると、すぐにメイドが紅茶を運んできた。

「さぁ、マルセル様。この紅茶は、はるか東の国から取り寄せた特別な茶葉なのですよ」

「いただきます」

喉なんかまるきり乾いていなかったが、俺は怒りを抑えるためにひと口飲む。一瞬、夫人とモニカが視線を合わせたように見えた。

「それでマルセル様。お姉様はまだマルセル様のお宅にいるの？」

お姉様だと……？　病気のアゼリアを閉め出したくせに、どの口が言っているのだろうか。

「いいえ、アゼリアならハイム家を出ていきました」

「そうだったのですね。まだ婚約者という間柄なのに、マルセル様のお屋敷にいつまでもお世話になるほうがおかしな話ですわ」

夫人の言葉に俺は再び怒りを募らせる。そもそもハイム家がアゼリアに婚約の話を持ち出したのが二年前。すぐにアゼリアを妻に迎えようとしていたのに、それを引き留めていたのが夫人だった。

「それで、お姉様は今どちらにいるのですか？」

「アゼリアの行方《ゆくえ》など知りませんよ。自由になりたいと言って、どこかへ行ってしまったのですから」

「お姉様がいなくなった？」

モニカはポカンとした顔で俺を見る。

「ええ。そこで、この際ですから申し上げます。アゼリアとの婚約を破棄させていただきます」

「マルセル様！　ようやくアゼリアを婚約破棄にしてくれたのですね」

「うれしい！　やっとお姉様はマルセル様に捨てられたのね！」

うれしそうに手を叩く夫人とモニカの様子を見て俺は呆れてしまう。

この母娘はなんだ？　アゼリアと婚約破棄するのはそんなに喜ばしいことなのだろうか？　そんな疑問を浮かべていると、彼女たちはとんでもないことを言い出した。

「マルセル様はようやくモニカを婚約者にする気になったのですね」

「マルセル様は絶対に私を選んでくれると思っていました。私はお姉様みたいに賢くはないけど、いい奥さんになるように頑張るわ」

ふたりの言葉に俺は耳を疑った。

「ちょっと待ってください。どうしてそんな話になるのですか!?」

「だってこの婚約はフレーベル家とハイム家を結びつけるためのものでしょう？」

「夫人、冗談をおっしゃらないでください！　なぜ……そんなこと……に……？」

そのとき、身体の調子がおかしいことに気がつく。全身に力が入らなくなってきた。さらに声を出そうにも、うまく発することができない。

「よかった。ようやく薬が効いてきたみたいね。なかなか様子が変わらなくて心配になったわ。でも、これで静かになってくれたわね」

夫人の言葉に俺は言い知れぬ恐怖を感じた。夫人は微笑みながら話し続ける。

「あらあら、マルセル様。まさか毒を盛られたとでも思いましたか？」

「毒なの!?　お母様、マルセル様を死なせちゃうの!?」

それまで薄気味悪い笑みを浮かべていたモニカだったが、目を見開いて夫人に尋ねる。

「馬鹿を言わないの。モニカの夫になる人に毒を盛るはずはないでしょう。ただ、この間のように怒鳴ったり暴れたりしたら落ち着いて要求を伝えられないじゃない？　だから痺れ薬を飲ませて大人しくしてもらっただけよ」

ふたりの会話を聞いて俺は心底恐ろしくなった。なんてことだ。アゼリアは二十年間もこんなヤツらのもとで一緒に生活をしていたのか？　だからあんな病気に……!?

「モニカを婚約者にしてくれますよね？　モニカは頭がよくなくて、アカデミーはおろか、どこの学校の入学試験にも合格できませんでした。学歴がなかったために貴族社会で相手にされず、社交界デビューも諦めざるを得なかったの。だからアゼリアをアカデミーに入学させて、モニカにふさわしい優秀な婚約者を見つけようとしていたのに……」

淡々と語る夫人に俺は驚愕《きょうがく》した。

貴族同士の婚姻は家柄はもちろん、学歴も重視される。だが自分には関係ない話だと気にも留めておらず、実際に学歴差別が起きているとは思いもしなかった。

「あの子は養女のくせに、自分だけあなたという婚約者を見つけてしまった。到底受け入れられるはずなどありません」

まるで正気を失ったかのような夫人の発言にゾッとする。そしてあくびをしながらその話を聞くモニカにも。

「マルセル様。アゼリアの代わりにモニカを婚約者にしてくださいますよね？」

夫人は身動きが取れない俺に近づいてくる。そのとき。

「そこまでにしておきなさい」

突然扉が開かれ、部屋の中に凛とした声が響き渡る。身体が痺れているために動けなかったが、誰が来たかはすぐにわかった。俺の両親だ。

「あ、あなた方は！」

「お母様。あの人たち誰？」

夫人はよほど驚いたのか、腰を抜かして床に座り込んでしまった。怯える夫人に対し、モニカはあいかわらず間の抜けた声を出す。

「大丈夫ですか？　どうぞおつかまりください」

急に現れた母が夫人に手を貸して立たせる。

「ありがとうございます……」

母がソファに座ったまま身動きひとつ取れない俺を見て一瞬目を見開いたが、すぐに表情を戻すと何食わぬ顔で声をかけてきた。

「あら、マルセル。そんなところに座っていたのね。そこにいるなら、なぜアビゲイル様に手を貸して差し上げないの？」

痺れ薬のせいで身体が動かないのにそんな無茶な、と必死で目で訴える。すると夫人が慌てた様子で口を開く。

「あ、あのマルセル様は、今体調が、す、すぐれないのですよ」

「そうなのですね。ではちょっと失礼。どこが悪いのか診てみることにしましょう。おふたりにはお伺いしたいことがあるので、診察が終わるまでお待ちいただいてもよろしいでしょうか？」

真っ青になって震えるふたりに静かにそう言ったのは父である。父は俺の前にしゃがみ込むと小さな声で話す。

「大丈夫か？　マルセル」

返事をしたくても痺れて俺は口を動かせない。

「あ、あの！　マルセル様は……！」

「お静かに、アビゲイル様。今夫がマルセルの様子を診ています。ここは静かに待ちましょう」

「で、ですが……」

「それとも何かやましいことでもあるのでしょうか？」

夫人の言葉を母が遮る。顔に笑みが浮かんでいるが、その目は少しも笑っていない。

「……」

夫人は観念したのか、ついに黙った。

「マルセル、手を動かせるか？」

父にそう言われて、なんとか動かそうとしてみるが少しも動かない。飲みかけのティーカップに視線をやると、父がそれを手に取りにおいを嗅いだ。

「ふむ……やはりな。かすかに甘い香りがする……アビゲイル様、マルセルに何か飲ませましたね？　おそらくは痙攣《けいれん》作用のあるハーブか毒花……違いますか？」

「な、なんのことでしょう？　た、ただ私は東方の国から……め、珍しいお茶をもらっただけです」

「東方の国……ああ、そう言えばあの国には毒性のある違法ハーブが市場に出回っていると話を聞いたことがあります。なるほど、そういうわけですか」

父が今静かに怒っているのがわかった。

「何か手違いがあったのよ！　そ、そう！　使用人が間違えてこのお茶を用意したのよ！」

呆れたことに夫人はまだ言い逃れしようとする。

「いいですか？　身体が痺れる薬というのは、心臓を止めてしまうこともあるのですよ。殺人の一歩手前です」

「そ、そんな……！」

父の言葉に衝撃を受けた。俺は死んでいたかもしれないのか？　夫人も真っ青になっている。

「あなた、マルセルは大丈夫なの？」

「ああ、大丈夫そうだ。呼吸の乱れも治まってきているし、もう少しで動けるようになるだろう」

「そう、それはよかったわ……」

母はうなずくと、夫人に視線を移す。

「アビゲイル様、私たちがここを訪ねてきた理由はもうご存じですよね。マルセルとアゼリアの婚約は破棄させていただきます。金輪際ハイム家とフレーベル家は関わりを持つことはありません。もちろん、アゼリアにも関わらないでください。まさか異論はありませんよね？」

母は凄みを帯びた声で、震える夫人に問いかけた。

「え、ええ！　も、もちろんです。その代わりにどうかこの話は内密にしてください！」

「そんな！　私とマルセル様の婚約の話は!?」

この母娘はこの期に及んで何を言っているのだろうか。普段は滅多にいやな感情を表に出さない父もふたりの言葉に流石《さすが》に眉をひそめた。

「あなたが違法とされる茶葉を手に入れた事実は、警察に報告しなければなりませんな」

「わ、私を捕まえるっていうの⁉」

「それは警察の仕事です。我々はそこまで関与はしません。マルセル。そろそろ立てそうか？」

まるで魂が抜けたかのようになっている夫人を横目に、俺は試しに指を動かしてみる。いつの間にか薬の効果は薄れ、口も利けるようになっていた。

「あ……動かせます……」

「よし、では帰るか。肩を貸そう」

俺は父に支えられるようにして、なんとか立ち上がる。

「マルセル様……私はどうすればいいのですか？」

モニカが涙ながらに訴えてくる。痺れ薬を飲まされ、一歩間違えれば死んでいたかもしれないのに俺にどうしろというのだろう。もはや会話をする気にもならなかった俺は両親に告げる。

「もう用件はすみました。帰りましょう」

俺は両親に支えられながらフレーベル家をあとにした。


揺れる馬車の中で、ようやく身体の麻痺が完全に取れて俺は安堵のため息をつく。

きっと父は警察に通報するだろう。そのあとのことは知ったことか。アゼリアがフレーベル家と縁が切れればそれでいい。

「フレーベル家……許せないわね。このままでは絶対にすまさないわ」

「ああ、そうだな」

しかし、両親はまだ何か考えているようだった。

「マルセル。やはり、我々と一緒にフレーベル家へ行くべきではなかったのか？」

父が神妙な面持ちで話す。もともと三人でフレーベル家に行く予定だったが、所用があった両親よりひと足早く出向いたのだ。

「先に用件だけ伝えておいたほうがいいかと思ったのです。でもまさか一服盛られるとは思いませんでした」

俺はフレーベル家を甘く見ていた。あの屋敷はアゼリアを死の一歩手前……ギリギリの生活をさせて追いつめていたのだから、もっと慎重になるべきだった。まだまだ考えが甘いのだろう。

「でもマルセルが出された飲み物を迂闊《うかつ》に飲んでしまったせいで、事が有利に進んだのはたしかね。少しは役立ったってことよ」

母が少しもフォローになっていないことを言う。

「まぁ、そうだな。だが大量に服用すれば間違いなく危険なハーブであることに間違いはない。マルセル、帰宅したら採血をするからな。血液中に成分が残っているはずだ。証拠として提出しよう」

「はい」

「マルセル。フレーベル家にアゼリアとの婚約破棄を申し出たことを彼女に伝える必要があるわ。一度ヨハン先生の診療所に電話を入れなさい。もしアゼリアがお前と会ってもいいと思っているなら、接近禁止令を解きます。いいわね？」

とうとうフレーベル家にアゼリアとの婚約破棄を申し出た。妙に寂しい気持ちを抱えながら馬車の窓から夜空を眺め、俺はため息をついた。

閑話　アビゲイル・フレーベルの憂鬱《ゆううつ》

私、アビゲイル・ターナーとダミアン・フレーベルが結婚を誓い合ったのは、十五歳の秋の出来事だった。

貴族という身分であり、簡単なテストを受けて最低限の点数を取ることができれば入学できる学校に通う私たちは落ちこぼれ組だった。試験のたび顔を合わせるうちに、いつしか恋仲へと発展していったのだ。

『アビゲイル、俺たち大人になったら結婚しよう』

『ええ、そうね。約束よ。ダミアン』

頭の悪い者同士が結婚しても優秀な子どもが生まれるはずはないという単純な理由から、私とダミアンの結婚を両家の親は猛反対した。

それでも私たちは度々親の目を盗んでは逢引し、どうすれば結婚できるかをいつも話し合った。そうしているうちに五年もの歳月が流れていた。

『どうするの？　ダミアン。このままじゃ私たち一生かけても結婚できないわ』

『ああ……本当に困った。一体どうすればいいんだろう？　俺の両親は縁談相手を探しているようなんだ。君とは別れたくないのに……』

『な、なんですって⁉　信じられない……この私がいるっていうのに！』

ダミアンは頭を抱える。もちろん私だって別れたくない。だってダミアンを愛しているのだから。

『そうだわ、ダミアン！』

素晴らしい考えが頭に浮かんだ。

『私に子どもができたと言えばいいのよ。そうすれば、流石《さすが》に結婚を許してもらえるはずよ』

『なるほど、それはそうだな』

ダミアンも満足そうにうなずく。どうして世間はこんなにいい方法を思いつく私たちを頭が悪いと見下すのだろうか？

こうしてその日のうちにダミアンと一緒に私の両親に嘘の妊娠報告をした。

『ただでさえお前の頭が悪すぎて体裁が悪いのに、さらに結婚前に妊娠するなど恥知らずが！』

父は激しく罵り、母はもはや泣くだけで口も利いてくれない。大激怒された挙句、その日の内に親子の縁を切られてしまった。

一方ダミアンの両親はまだ話が通じる人で、妊娠してしまったなら仕方がないと言って結婚を許してくれた。しかし、彼の父親からある条件を突きつけられた。

『ダミアン、アビゲイル。お前たちに六年間の猶予をやろう。ふたりの子どもが優秀ではないと判断した段階で離婚させて、お腹の子どもは私たちが見守っていくからな。これは遺言状にも書いておく。もし私に何かあった場合に備えて代理人も立てる。肝に銘じて置くように』

そして私たちは条件つきで結婚したのだった。

籍を入れたと同時にダミアンは家督を継いで、フレーベル家の当主になった。彼の父は家督を継がせれば、責任感も生じて立派な当主になるだろうという理由から引退したのだ。

しかし、使用人たちの見解は違っていた。ダミアンは『フレーベル家の恥』と世間から言われ続けていて、前当主はこれ以上肩身の狭い思いをしたくないから引退したに違いないと。

けれども、私にとってはどうでもいい話だった。何しろ愛するダミアンと結婚できたのだから。

ただひとつ、困ったことは――

『どうするの？　ダミアン。私、妊娠してないのよ？』

『仕方ない。これから頑張って子どもを作るしかないだろう？』

『ええ、そうね。一刻も早く妊娠して優秀な子どもに育てないと、私たち離婚させられてしまうもの』

そうよ、私たちはこんなに愛し合っているのだから子どもだってすぐにできるに違いない。けれど私は半年経過しても一向に妊娠しなかった。なかなか子どもができない私たちは徐々に言い争いが増えていく。

『どうするのよ。私いつまでたっても妊娠できないわ。あなたに問題があるからじゃないの？』

『何を言う？　俺は毎晩必死に頑張っているんだぞ？　お前にはそれがわからないのか？　と言う

かなぜ子どもができないのを俺のせいにする？　自分が原因だとは思わないのか!?』

『な、なんですって！』

『なんだ？　その顔は……文句があるなら別れてもいいんだぞ？』

憎たらしいことにダミアンは私に帰る家がないのを知っていて意地悪なことを言ってくる。

『そんなことを言っていいのかしら？　私が妊娠していると嘘をついていたことがお義父様にばれたら、自分だって危ないんじゃないの？』

私の言葉に途端に青ざめるダミアン。

『し、仕方ない……。今から妊娠したとしても生まれる時期がずれてまわりから怪しまれる。こうなったらどこかから身寄りのない赤ん坊を捜して、その子を俺たちの子どもに仕立てよう。それにひょっとすると、俺とお前の子どもじゃないほうが優秀に育つかもしれないぞ？』

『ええ、そうね。それがいいわ。私が出産する時期に合わせて、赤ちゃんをどこかでみつくろってきましょう！』

こうして私とダミアンの養子計画が始まった。

妊娠を誤魔化すために出かけるときはお腹に詰め物をし、屋敷の者たちには絶対に口外しないように命じたのだった。

八月になり私の焦りはピークに達していた。本当はもう四月には子どもが生まれていなければばいけないのに、いまだに養子にできそうな赤ん坊が見つからなかったからだ。

どうしよう、このままでは私もダミアンも破滅だ……義父母はもともと私に興味など微塵《みじん》もないのか、なんの音沙汰もない。

『子どもはどうした？』

そう尋ねられるほうがまだましだ。黙っていられると逆に怖くてたまらない。

『アビゲイル、喜べ！　ついに発見したぞ。教会に生まれて間もない赤ん坊がいるらしい！』

そんな矢先、ダミアンが興奮気味に部屋の中に飛び込んできた。

『まぁ、すぐに行くわ！　そうだわ、アリスンを連れていきましょう。彼女なら赤ん坊の扱いに慣れているから』

私はすぐにアリスンを部屋に呼んだ。優秀な彼女を養育係にしようと考えたからだ。

『アリスン。これから赤ん坊をもらいに行く。一緒に来てもらうからな？』

ダミアンの言葉にアリスンはなぜか顔色を変えた。

『旦那様、本気でおっしゃっているのですか？　大変失礼なことを申し上げますが、ちゃんと我が子同様に可愛がり、きちんと育てる覚悟がおありでしょうか……？』

「何を言ってるのよ。教会にいるよりはましでしょう。なんと言っても私たちは貴族よ？　こんな幸運なこと、普通に考えたらありえないわよ？」

まったくアリスンは頭が固い。

『ですが……！』

『黙れ、今の当主は私だ。お前は黙って言う通りにしていればいいのだ。わかったか！』

なおも何か訴えようとするアリスンをダミアンが叱りつけた。

『は、はい……承知いたしました……』

『ふん。行くぞ』

そして私たちはアゼリアと出会った――

アゼリアを私たちの子どもとして公表した直後、義父は長年患っていた病気で他界した。代理人の弁護士に私たちは監視されることになる。

私もダミアンもアゼリアに見向きもしなかった。もともと私たちの子どもではないし、結婚するための手段でしかなかったから。

しかし、優秀な子どもに育てなくてはいけない。この子が六歳になるまでにきちんと育てられなかったら私は破滅だ。離婚されて行き場を失う。立場は違えど、それはダミアンにとっても同じで当主の座を失ってしまう。

アゼリアはとても頭がいいという報告をアリスンから聞かされた。……きっと彼女の教育がよかったのだろう。

『もし本当の自分の子どもが生まれたら、アリスンに教育してもらいましょう』

そして、ついに二年後……私は念願の妊娠を果たし、モニカを出産した。私はすぐにアゼリアからアリスンを奪い教育係にした。さぞかし、頭のいい娘に育ってくれるに違いない……

しかし、娘のモニカはどうしようもないくらい、頭が悪い娘に育っていった。それと同時に湧き上がってくるアゼリアへの嫉妬。いくら勉強しても身につかなかった私やダミアンとは大違いで、馬鹿にされているようにも感じてくる。本当は手放したかったが、実の娘として公表していたせいでそうもいかない。

……だから手元に残し、徹底的にいじめることにした。使用人たちが彼女をいじめているのも知っていたが、すべて見なかったことにした。むしろいい気味だと思っていた。

モニカを差し置いて、マルセル様という素晴らしい婚約者を手に入れたのだから。

一方ダミアンは頭の悪いモニカに嫌気がさしたといって、愛人を作って屋敷を出ていってしまった。

『何もかもうまくいかない……こうなったのも原因はすべてアゼリアのせいよ』

不幸になるばかりだった。私はなんとかしてマルセル様をモニカの婚約者にしようとした。それなのに、結局は失敗に終わってしまった。

ついにアゼリアはフレーベル家を出ていった――

第九章　新たな出会い

私――アゼリアがヨハン先生の診療所で療養生活を送るようになって、早いもので一週間が経過していた。

「今日は何をして過ごすか考えているかい？」

いつものように三人でテーブルを囲んで朝食を食べていると、ヨハン先生が尋ねてきた。

「私、本を読んでみたいです。今まで自由に本を読むことがあまりできなかったので、一度本屋さんに行ってみたいです」

「本屋さんか、それならちょうどこの診療所の斜向《はすむ》かいに本屋さんがある。十時に開店だったはずだよ。……おや？　電話だ。ちょっと出てくるよ」

ヨハン先生が話していると、診療所のほうから電話のベルが鳴り響いた。彼が診療所へ向かい、私はケリーとふたりきりになる。

「アゼリア様、どうやら世間の若い女性たちの間では恋愛小説が流行っているらしいですよ」

「そうなの？　なんだかおもしろそうね」

「私はあまり文字を読むのが得意ではないのですが、読んでいるだけでドキドキと胸が高鳴るらし

いです」

恋愛小説を人生で一度くらいは読んでみるのもいいかもしれない。そんなふうに考えていると、ヨハン先生が食堂に戻ってきた。

「アゼリア。マルセル様からの電話だよ。仕事が終わったら話がしたいそうだけど、どうする？　断ろうか？」

マルセル様のことをあまりよく思っていないヨハン先生は顔をしかめている。

「マルセル様からですか？　せっかく連絡をしてくださったので……出ることにします」

マルセル様から電話が来るなんて初めてだ。もしかすると何か重要な話があるのかもしれない。

私は診療所へ向かい、受話器を取る。

「もしもし。アゼリアです」

『おはよう、アゼリア。身体の具合はどうだ？』

「はい、ヨハン先生がとてもよくしてくださって、ケリーが温かい食事を用意してくれているので体調のほうも安定しています。それに毎日とても幸せに感じています」

『そんなことくらいで幸せというなんて……』

「今、こうしていられるのはすべてマルセル様のおかげです。あのとき私を助けてくださって本当に感謝しております。それはそうと、何か私に話があるそうですね？」

『ああ。大事な話があるんだ。それで……もし、アゼリアさえよければ……今夜、診療所に会いにいっても……いいだろうか？　接近禁止令が出ているのに、こんなことを頼んで悪い』

その声に元気がなかった。

「私なら大丈夫ですよ？」

『……ありがとう、二十時半ごろにうかがう。身体、大事にしろよ。それじゃ』

そして電話はプツリと切れた。食堂に戻った私は電話の内容を話すと、ヨハン先生は受け入れてくれたのだった。

十時になり、外出の準備を終えた私は本を入れる紙バッグを片手に日傘をさすと、本屋さんへ向かった
お店の人に薦められた恋愛小説を三冊と、歴史に名を残した女性の伝記を二冊買って店を出る。

「ふう……少し買いすぎてしまったかしら？」

自由に本を読めると思うと、私の胸は高鳴った。帰ったら早速本を読もう。

診療所に戻ると、スーツ姿の若い男性が窓ガラスから中の様子を見つめていた。

男性は私の視線に気づいたのか、こちらを振り向く。ライトゴールドの髪に、青い目を持つ彼に私は軽く会釈する。

「すみません。ここの診療所の方ですか？」

「はい、そうですけど……？」

そう言ってうなずくと、男性は笑顔になった。

「その緑の瞳は、……もしかしてアゼリア？」

「あ、あの……たしかに私はアゼリアと申します。なぜ私の名前を？」

見知らぬ人から名前を呼ばれ、私はぽかんとしてしまう。

「もしやと思ったけど、やっぱり間違いじゃなかった、うん。とてもきれいになったね。初めまして、アゼリア。僕はベンジャミン・ルイス。君と同じ教会の出身だよ」

ベンジャミン。そう言えばシスターエレナがその名前を口にしていた。

「あ、お名前ならシスターエレナからうかがっています。ただ、それ以外についてはヨハン先生かオリバーさんが話してくれるでしょうと言って何も聞いていなくて」

「そうか。実はオリバーからアゼリアが今この診療所に住んでいると聞いていて、今日たまたまこの近くで用事があったものだから来たんだ。会えてよかったよ」

ベンジャミンさんはうれしそうな様子でいる。

そのとき女性の声が背後から聞こえてきた。

「お待たせ、ベンジャミン」

振り返ると、高級そうなドレスに、羽根飾りの帽子を被った美しい女性が立っていた。ウェーブのかかったストロベリーブロンドの髪に青い瞳が印象的だ。

「いいえ。もう買い物は終わりましたか？」

「ええ」

ベンジャミンさんが笑みを浮かべながら尋ねると、女性はそっけなく答えた。そして私のほうをチラリと見るが、その表情には明らかに敵意が込められている。私はその視線に一瞬身体が強張ってしまった。

「それでは行きましょうか？　またね。アゼリア」

ベンジャミンさんがそう言うと、すぐ近くに停車していた豪華な馬車にふたりは乗り込む。そしてすぐに走り去っていった。

彼女の刺すような視線に少し胸騒ぎを覚えながらも診療所へ帰ると、いつも通り優しい笑みを浮かべるヨハン先生とケリーが待っていた。

「ヨハン先生、先ほど本屋さんに行った帰りにベンジャミンさんに会いました。あの方も教会にいたのですよね？」

「そうか……。いずれ話そうと思っていたんだが、彼はアゼリア同様、貴族の家に養子としてもらわれていったんだよ」

ヨハン先生は当時のことを思い出したのか、遠い目をしてゆっくり語り始める。

「あれはベンジャミンが七歳のときだったかな。そのあとも交流はしていたんだけど……ある日、教会に遊びにやってきたベンジャミンが言ったんだ。『もう、この教会には遊びに来ない』って」

「なぜですか？」

私の問いに、ヨハン先生は少しだけ目を伏せた。

「義理の両親に、自分が教会からもらわれてきた子どもだと世間に知られてはいけないって言われたらしいよ。身を守るために出自は黙っているようにってね」

私は出自のわからない卑しい人間と蔑まれていたのに、ベンジャミンさんは養子先で大切に扱われていたのだ。フレーベル家とは真逆の考えに驚いてしまう。

「彼は泣きながら僕たちに謝っていたよ。それからは交流が途絶えてしまったのだけど、僕がこの町に開業医として戻ってきたときに、彼から連絡が来たんだよ。また昔のように会いたいって」

ヨハン先生は一度、そこで言葉を切った。

「実はね、この診療所に電話があるのもベンジャミンのお陰だよ。彼が電話と利用料金を払ってくれている。そんなことはしなくていいって言ったのに、開業医に電話は必要だと聞かなくてね。……ごめん、アゼリア」

ヨハン先生は謝ってきた。

「どうしたのですか？」

「ベンジャミンは、教会出身者ということを伏せて、貴族社会で暮らしているからもう少し様子を見てからアゼリアに話そうと思っていたんだ。その……僕たちの間……特にオリバーとベンジャミンとで確執ができてしまっていてね。だけど、彼が訪ねてくるなんて思わなかった。突然で驚いただろう？」

「それぐらいのことで謝らないでください。ベンジャミンさんはとても優しそうな方でしたよ」

ただ、私はベンジャミンさんと一緒にいた女性の目が気になった。あの刺すような視線が頭から離れない。けれどもヨハン先生を心配させたくなかったので、そのことは言わなかった。


結局それから外出する気にはなれず、ひとり静かに買ってきた本を読んでいた。

「ふぅ……素敵なお話だったわ……」

私は読み終えた恋愛小説を閉じてため息をつく。恋愛小説を読んだのは生まれて初めてだったけど、いまだに心臓がドキドキしている。気づけば部屋の中はうす暗くなっていた。

「小説で描かれていたあの気持ちが、恋というものなのね。……その人のそばにいるだけで幸せを感じたり、楽しい気持ちになったりする……」

私はまだ『恋』というものを知らなかった。

「だとしたら私がマルセル様に寄せていた思いは憧れだったのかもしれないわ。きっと好きになったつもりでいたのかも」

私の命はあとわずか。もし誰かと思いが通じ合ったとしても、わずかな余命ではきっと相手を不幸にしてしまうだけだろう。

「恋をしたいなら、小説にその思いを投影すればいいだけよ。今の私の一番の望みは死ぬ前に本当の家族に会うこと。それさえ叶えばもう思い残すことは何もないわ」

なぜかふとカイのことを思い出す。

フレーベル家での殺伐とした生活の中、授業の合間を縫ってカイと過ごす時間に私は喜びと安らぎを感じていた。カイとの会話は他愛もないものだったけれども、とても楽しかった。いつの間にか馬繋場《ばけいじょう》の近くを通るたびに、カイの姿を目で追っていた。

「あの気持ちは一体なんだったのかしら……？」

夜が迫る部屋でひとりでにつぶやいたのだった。


二十時を過ぎたころ、ノックの音とヨハン先生の声が聞こえてきた。マルセル様が来たらしく、ふたりでリビングへ行くと、すでに彼がソファに座って待っていた。

「こんばんは、マルセル様。わざわざお越しいただきありがとうございます」

「いいや、俺のほうこそ、こんな夜分にありがとう」

マルセル様が立ち上がってお礼を述べる。するとヨハン先生が声をかけてきた。

「では、僕は下がらせていただきます。あとでケリーにお茶を運んでもらうように頼んでおきますね」

先生が部屋を出ていくと、マルセル様は口を開く。

「アゼリア。あのときに比べるとだいぶ顔色がよくなったようだな？」

「はい、すべてはみな様のお陰です。マルセル様をはじめ、ケリーやヨハン先生たちが私を助けてくれたからです。本当に感謝しております。それで、お話というのはなんでしょうか？」

「フレーベル家にアゼリアとの婚約を破棄すると伝えに行ったんだ……」

そしてマルセル様はフレーベル家で痺れ薬を飲まされたり、モニカとの婚約を迫られたりしたことを語り始めた。

淡々とマルセル様は話しているけれども、恐ろしかったに違いない。まさかお母様とモニカが私だけではなく、マルセル様にまで手を出そうとしたなんて。私に関わったせいで彼をひどい目に遭わせてしまった。

「申し訳ございません。フレーベル家に婚約破棄を申し出てくださいとお願いしたばかり、にマルセル様を危険な目に遭わせてしまい――」

「いや、お前は何も悪くない。むしろ謝るべきは俺のほうだ。アゼリア、どうか許してほしい。俺は夫人やモニカの話ばかり信じていた。本当に何も知らなかったんだ！　いや知ろうともしなかった。お前があの屋敷でどれほどまでに虐げられていたかを……」

マルセル様は私の言葉を遮って謝ってきた。

「今まで誰にも訴えることができなかったのだろう？　何しろ婚約者だった俺がこんな有様だからな。これではお前に愛想を尽かされて当然だ」

マルセル様の表情はとても真剣で、私を見つめる瞳はとても悲しげだった。彼はとても素直な人で、疑うことなくお母様とモニカの言葉を信じてしまったのだろう。そう、マルセル様は悪くない……

「私はマルセル様に愛想を尽かしたことなど一度もありませんよ？　むしろ私のほうが嫌われていると思っていました」

「俺がお前を嫌うなど一度もないぞ。フレーベル家に通っていたのは、お前に会うのが目的だったのだから。それなのに夫人とモニカから、アゼリアは勉強やレッスンのほうが大事だから俺と会う時間は取れないと聞かされ……それで俺は徐々にお前に苛立ちが募ってしまった」

ようやく事情がわかった。マルセル様は私が会うのを拒否していると思っていたから、私に冷たい態度を取るようになってしまったのだ。

「そうだったのですね。お互いの誤解が解けてよかったです。わだかまりを残したまま人生を終えたくはありませんから」

「俺に何かできることはあるか？　どうか罪滅ぼしをさせてくれ。今まで散々フレーベル家にひどい目に遭わされてきただろう。ようやく解放されたのだから、少しくらいやり返したい気持ちはないのか？」

その言葉に驚いてしまった。仕返しなど考えたこともないのに。

「いいえ、私はそんなこと一切望んでいません。静かに、穏やかに暮らしたいだけです。ただ願いが叶うのであれば、命があるうちに実の両親に会いたいです」

その言葉を聞いて、マルセル様が深くうなずいた。

「わかった。俺にお前の両親を捜す手伝いをさせてくれ」

「で、ですがマルセル様はお忙しいですし、それに第一私とマルセル様はもう……」

「婚約破棄したからもう無関係だとは言わずにどうか手伝わせてくれ。虫がよすぎるかもしれないが、俺はこのままお前に何もしてやれないまま……縁が切れるのがいやなんだ」

本当にマルセル様に頼ってもいいのだろうか？ 婚約を破棄してもらい、命の危険にまで晒してしまったのに……これ以上迷惑をかけたくはない。けれどマルセル様の目は真剣で、ここでもし断れば深く傷つけてしまうような気がした。

「わかりました。それではどうぞよろしくお願いいたします」

私はマルセル様に実の両親捜しのお手伝いをお願いすることにした。

早速、唯一の手がかりであるペンダントを見せたけれど、どうやら見たことがないらしい。マルセル様は帰ってからも調べてみると言って、メモ帳を取り出した。そして、ペンダントに刻まれていた紋章を器用に書き写していく。

その意外な一面を見て、私はマルセル様のことをほとんど知らないのだと改めて気がつく。ふたりきりの時間を過ごしたことはないに等しく、私の知るマルセル様は……お母様とモニカと一緒にいる姿だった。

そんなことを考えながら、私たちは話し合いを終えた。マルセル様が診療所を出ようとしたタイミングで、見送るためにヨハン先生とケリーが来た。私はマルセル様が本当の両親を捜す手伝いをしてくれることになったと報告する。

ケリーは笑顔だったけれど、ヨハン先生は少しだけおもしろくなさそうな顔をしていた。

「それでは本日はこれで失礼いたします。アゼリア、またな」

「はい、今夜はありがとうございました」

私の言葉にマルセル様は笑みを浮かべ帰っていく。その後ろ姿が見えなくなるまで見送ると、ヨハン先生が声をかけてきた。

「アゼリア、もう部屋に入ったほうがいい。夜は冷えるから身体にあまりよくないよ」

「はい」

笑顔を向けるヨハン先生はいつもと変わらない優しさにあふれていた。

私は以前よりずっと幸せだった。病気になって初めていろいろな人たちの深い愛情を感じることができたのだ。

ケリーにヨハン先生、先生やウォルター様。オリバーさんに……そしてマルセル様。みんながいれば、本当の両親も見つかる気がする。

神様お願いです。本当の両親に会えるまでは……どうか私を迎えに来ないでくださいと私は心の中で祈った。

マルセル様と話した翌日、私はウォルター様の診察を受けていた。三十分ほどかけて診てもらったあと、彼から小さく畳まれた紙包みを手渡される。

「これは私が処方した漢方薬だよ。貧血を抑えたり、体力を改善する効果がある。ヨハン先生に処方箋を渡しておくから、一日二回必ず飲むようにね。一週間分調合してきたからヨハン先生に預けておくよ」

「何から何までありがとうございます。私はもうこのようなことをしていただける身分ではないのに」

せっかく私をマルセル様の婚約者に選んでくれたのに、婚約破棄という恩を仇《あだ》で返すような真似をしてしまい、申し訳なくてたまらなかった。

「私は医者という立場でアゼリアを診ているのだから気にすることはないよ。それに今日ここへ来たのは、ただアゼリアを診察するためだけじゃないんだ」

いつにない、ウォルター様の険しい表情に緊張が高まる。

「どうかしたのですか？」

「……実はフレーベル家に警察が入った」

「け、警察が……？　まさか……マルセル様が婚約破棄を申し入れに行ったときの……？」

「ああ、マルセルの血液中に残っていた痺れ薬の成分を証拠として警察に届けたところ、家宅捜索が入ったのだが……」

そこでウォルター様の表情が曇った。

「あの親子は自分たちの関与を否定したんだ。使用人が勝手にやったことで、自分たちは何も知らないと言ってね。そして実際にふたりの使用人が自首してきたんだ。使用人も含めてフレーベル家の全員が、そのふたりの関与を認めているよ。……おそらくあの親子が使用人を脅迫でもして罪をなすりつけたのだろう」

一介の使用人が私の婚約者……しかも貴族であるマルセル様の命を脅かせるはずないのに？　平民が貴族を相手に罪を犯せば、処罰も重くなるのではないだろうか。

「そう……ですか……」

誰が犠牲になってしまったのだろう。フレーベル家の使用人たちから私はひどい目に遭わされてきたけれど、罪をなすりつけられた人たちを考えると気の毒だった。

「自首したふたりは警察署で取調べを受けているそうだけど、矛盾点が多ければおそらく夫人も取調べを受けることになると思う。……警察がフレーベル家に入ってショックだったかい？」

ウォルター様は心配そうな表情を浮かべる。だが私はショックというより、驚きの気持ちのほうが強かった。

「いいえ、私はもうフレーベル家には、何も思うところはありません」

「そうか、それを聞いて安心したよ。マルセルが言ってたんだよ。強引な手を使ってアゼリアをフレーベル家から連れ出してしまったけど、あの家に少しでも未練があったら悪いことをしてしまったって」

「マルセル様がそんなことを……？」

マルセル様は大分変わったように感じる。私の知っている彼はとても冷たい瞳で私を見る人だった。でも、今の姿が本来のマルセル様なのだろうか？

「ああ。それとマルセルから聞いたけど、本当の家族を捜しているんだって？」

「はい、そうです。手がかりは私が持っていたペンダントだけなのですが、裏に紋章が刻まれています。けれど、マルセル様は見たことがないもののようです」

「今そのペンダントは持っているかい？　私にも見せてもらえるかな？」

「はい、その引き出しの一番上に入っています」

「これかい？」

ウォルター様はペンダントを取り出し私に見せてきた。うなずくと、ウォルター様は真剣にそれを見つめる。

「……おや？」

「どうかしましたか？」

「あ、いや……この紋章、どこかで見た気がすると思ってね。私は仕事柄、多くの貴族たちを知っているからね。……ただ、どこだったか……？」

ウォルター様は首をひねって思い出そうとしている。

「うーん。どうしても思い出せないから、家に帰ったらすぐに調べてみるよ。それじゃ私はこれから仕事へ行くから。薬をちゃんと飲むんだよ」

「はい、わかりました。どうもいろいろとありがとうございました」

「お大事にね」

ウォルター様は笑みを浮かべて部屋を出ていく。途端にその場は静まりかえる。

「お母様……モニカ……」

まさか警察があの屋敷に入ったなんて……ふたりは今ごろどうしているのだろう？

「でも、もう私には関係ないことよね……」

ひとりになった私はベッドに身体を横たえ、ポツリとつぶやいたのだった。


数日後、私は応接室で部屋の中でベンジャミンさんと顔を合わせていた。時計の針がカチコチカチコチと響いている。

というのも、ケリーが作ってくれたおいしい朝食を食べたあと、部屋でゆっくりしていると彼が訪ねてきたのだ。以前、彼と一緒にいた女性のことを考えると会うのはどうかとも思ったが、ケリーから話を聞く限りどうやらひとりだけで来たらしい。

わざわざ私のために会いに来てくれたのならそのまま帰ってもらうのは申し訳なくて、今にいたっている。

「おはよう、アゼリア。ごめんね。いきなり訪ねてきて」

ベンジャミンさんが笑顔を見せる。

「いいえ、大丈夫です。何も予定はありませんでしたので」

「そうか、よかった。オリバーから聞いたよ。本当の両親を捜しているんだって？　僕も手伝わせてくれないかな？　アゼリアの力になりたいんだよ」

「え……？　ですが……」

ベンジャミンさんの申し出はありがたいけれども、あの女性に目をつけられたくはなかった。

「何？　僕では頼りないかな？」

「い、いえ。そうではありません。ただ、私に関わると先日一緒にいた女性が不快に思うのではありませんか？」

「……ひょっとしてイングリット様のことを言っているのかな？　彼女はね、僕の顧客のお嬢さんなんだよ。僕は弁護士をしていて、その顧客の御令嬢が彼女。娘の買い物にどうしても同行してもらいたいと頼まれて付き添いをしたんだ」

「てっきり一緒にいられたのでベンジャミンさんの恋人、もしくは婚約者かと」

「まさか。そんなことはないよ。何しろ彼女には子どものころから決められた許婚《いいなずけ》がいるし。アゼリアが気にすることは何もないよ。それに僕は弁護士だからきっと力になれると思う」

ベンジャミンさんはニコニコしながら言うけれども、私の不安は拭えない。

間違いなくイングリット様はベンジャミンさんに好意を抱いている。でも肝心の本人がそのことに気づいていないなんて……彼女は私のことをベンジャミンさんに近づく邪魔な存在だと誤解してしまうだろう。

「それはそうと、アゼリアはどうしてヨハンのところにいるんだい？　まさか家出でもしてきたの？」

ベンジャミンさんが心配そうな表情を浮かべるが、私はその反応に驚いていた。ヨハン先生やオリバーさんはどこまで私の事情を説明しているのだろうか？

「いいえ。家出をしたわけではないのですが……実は私が病気だからです。入院という名目でお世話になっています」

「そうなの!?　入院するほどってことはひょっとして、命に関わるほど重い病気なの……？　言われてみれば顔色もあまりよくないような気がする」

ベンジャミンさんの質問に思わずうつむくと彼が告げる。

「僕はアゼリアが心配でたまらないんだよ。おそらくヨハンに聞いても教えてくれないと思う」

ゆっくり顔を上げると、ベンジャミンさんが不安げな表情で私を見つめていた。その切羽つまった表情から本当に心配してくれている気持ちが伝わってくる。ここは正直に話したほうがいいのかもしれない。

「私は白血病にかかっています。ヨハン先生から余命は残りわずかだと言い渡されています」

「な、なんだって……？」

ベンジャミンさんの表情が険しくなった。

「はい、そうです」

「それをヨハンがアゼリア本人に言ったのかい？」

「はい」

「ヨハンのヤツ……！　アゼリアの気持ちも考えずにどうして本人の前でそんなはっきり言うんだ？　普通は家族にだけ話して本人には伝えないのが――」

「それはね、アゼリアが君と違って恵まれた環境の養子ではなかったからだよ」

「「え？」」

ベンジャミンさんの言葉を遮ってヨハン先生の声が聞こえてきた。

ふたり同時に振り向くと、白衣姿のヨハン先生が立っていた。背後には心配そうな表情を浮かべるケリーがいる。

「ヨハン先生、診察中ではなかったのですか？」

「今、ちょうど患者さんがひいたところだよ。ケリーが心配して僕に知らせに来たんだ。それにしてもベンジャミン……なぜ、事前に連絡もしないでアゼリアに会いに来たんだい？　そもそもどうしてアゼリアが僕の診療所にいることを知ったんだ？　まさかオリバーから聞いたのか？」

ヨハン先生はベンジャミンさんを見た。その言葉には少し棘があるように感じる。

「事前に連絡していたら会わせてくれなかっただろう？　アゼリアに再会できた話だって僕には教

えてくれなかったしね。弁護士の仕事の関係で、オリバーの勤務する新聞社を訪ねたときに彼から聞いたんだよ」

ベンジャミンさんはそう言ってヨハン先生を睨んだ。

「そうだったのか……」

「そうだったのかって、僕にはアゼリアのことはずっと内緒にしておくつもりだったのか？」

「そんなことはないよ。時期が来ればいずれ話そうと考えていた」

「その時期っていうのはいつのことなんだよ？」

ふたりがだんだんと険悪な雰囲気になってきて、私は居心地が悪くなる。

「あ、あの、どうか言い争いはやめていただけませんか？」

「ごめん、アゼリア。君の前でする話じゃなかったね。……おや、なんだか顔色が優れないようだね。部屋に戻って休んだほうがよさそうだ」

ヨハン先生は私に謝ると、ベンジャミンさんに告げる。

「というわけで……ベンジャミン。アゼリアの体調が悪そうだから、今日のところはもう帰ってくれないかな。さっき話を聞いてわかっただろう、彼女は重い病気なんだ」

ベンジャミンさんは不機嫌そうにしている。

「えっと……ヨハン先生。ベンジャミンさんは私に会いにいらしたのに、このまま帰っていただくのは失礼ではないでしょうか？」

「アゼリアはまたそんなことを……今は休息が必要だ。ベンジャミン、どうしてもアゼリアと話がしたいなら十八時以降にまた来てくれないか？」

「ヨハン……まさか君まで話に加わるつもりかい？」

「主治医の僕が話し合いに加わるのは当然だろう？　第一ベンジャミンとアゼリアがふたりきりで会っていることが、あの御令嬢の耳にでも入ったらどうするんだい？」

ヨハン先生が眉をひそめた。どうにかしてでもベンジャミンさんに帰ってもらいたそうにしている。

「それってイングリット様のこと？　彼女と僕はヨハンが考えているような関係じゃないって前から言ってるじゃないか」

御令嬢というワードが気になっていたが、やっぱりそうだった。ヨハン先生も彼女のことを知っているらしい。ヨハン先生が前から気にしているとなると、どうやら私は厄介な人物に目を付けられてしまったのだろう。

「君がどう言おうと、世間ではふたりの仲が噂されているんだよ。とにかく今はもう帰ってくれ」

「あの……口を挟んでしまって申し訳ないのですが、私もベンジャミン様には出直していただくほうがよいかと思います。だ、だって……偶然窓から見たのですが、その方はアゼリア様を睨みつけていたのですよ？」

今まで黙って成り行きを見ていたケリーが申し訳なさげに言った。

「なんだって……？　そうなのかい？　アゼリア」

ヨハン先生が驚いたように私のほうを見る。ベンジャミンさんには悪いけれども、ヨハン先生には隠し立てしたくなかった。私はうなずくと、ヨハン先生が眉をひそめて再びベンジャミンさんを見る。

「君がアゼリアに会いに来ると厄介なことになりかねない。僕も一緒じゃないとまずいだろう」

「わ、わかったよ。迷惑はかけたくないから、また夕方に出直す。アゼリア、また来るね」

ベンジャミンさんはため息をつくと、私を見た。

「はい。お待ちしています」

「そう言ってもらえるとうれしいな。それじゃお邪魔したね。ヨハン」

ベンジャミンさんが応接室を出ていくと、ヨハン先生が声をかけてくる。

「アゼリア、僕はまた診療所に戻るよ。顔色があまりよくないから部屋で休んでいたほうがいい」

「わかりました。それでは今日はもう外出するのはやめにして、部屋に戻っています」

「うん、そのほうがいいと思う。今夜はベンジャミンが来るからね」

ヨハン先生にそう言われて私は部屋に戻ると、昨日読んだものとは別の恋愛小説を手に取った。

「本当はもう少し楽しみはあとに取っておこうかと思ったけれど……」

この本は身分違いの恋を描いた恋愛小説。ヒロインは貴族の屋敷で下働きをしている女性で、ヒーローはその屋敷の次期当主だった。

「あ……カイ」

読み始めてすぐにヒーローの名前が『カイ』ということに気がつく。

「今、彼はどこにいるのかしら……」

あのとき、お父様は笑いながら私に言った。

『御者のくせに生意気な若者だったな。鞭《むち》を打ってそのまま追い出してやった。かなりひどい傷だったから今ごろはどこかでのたれ死んでいるかもしれないな』

カイの行方《ゆくえ》は誰も知らない。

「カイ……」

死ぬ前にカイに会って心から詫びたい。私にとって忘れられない恩人。

……でも、それだけではない。もう一度、あの優しい笑顔で『アゼリア様』と名前を呼んでもらいたい。もし、できることなら私が神様に召される最期のときを彼にも見届けてもらいたい。

カイは、私の大切な人だから……

もうひとり捜したい人がいるとヨハン先生に相談してみようと決めた。


しばらくして私たちはいつものように食卓を囲んでいた。

「今日の料理もとてもおいしそうだ。きっとケリーは素敵なお嫁さんになれそうだね」

「本当ですか？　ありがとうございます！」

テーブルに並べられた料理を前に、ヨハン先生はケリーに笑いかけた。彼女はうれしそうに頬を染める。

「私もそう思うわ」

微笑ましいふたりの様子を見て、私はどこか安堵を覚えていた。私がこの世を去ったあとでもふたりはきっと仲良く暮らしていけるだろうと。

「よし、それじゃいただこうか？」

「「はい」」

ヨハン先生の言葉に、三人での楽しい食事が始まった。

「あの、ヨハン先生。実はお願いしたいことがあるのです。本当の家族とは別に、もうひとり捜したい方がいるのです。ヨハン先生はお顔が広いので協力していただけないかと思いまして」

「アゼリアのお願いならできる限り聞いてあげるよ。どんな人なんだい？」

ヨハン先生が尋ねる。隣で話を聞くケリーも首をかしげた。

「はい。『カイ』という名前で……私の大切な人なのです」

「「えっ⁉」」

ふたりは声をそろえて私を見つめた。

「……そのカイという人物は男性……だよね？」

「ええ。そうですが？」

ケリーとヨハン先生は顔を見合わせ同時にうなずく。そして私に視線を移すと、ケリーが尋ねてきた。

「アゼリア様、その方はおいくつですか？」

「たしか今二十二歳のはずだと思うわ」

カイと世間話をしたとき、私よりも二歳年上であることを聞いていた。

「彼の存在をマルセル様は知ってるのかい？」

「いいえ。マルセル様は彼のことは知りません。話したことはありませんから」

私がハイム家へ行くときにフレーベル家の馬車を使っていたことは、マルセル様にも先生にも秘密だった。万一屋敷の馬車を使っていたことが知られてしまえば、私もカイもただではすまなかっただろう。だからこそいつもハイム家の近くまで乗せてもらい、残りの距離は歩いていたのだ。

当時のことを思い出すだけで私の胸がチクリと痛む。今ごろどこでどうしているのだろうか。

「アゼリア様、こんなに思いつめているなんて……」

「それほど彼はアゼリアにとって大切な人だったのだろう。君がマルセル様に婚約破棄を申し出たのは病気のことだけじゃなかったんだね」

「はい、そうです」

ヨハン先生の言葉にうなずく。マルセル様の好きな女性はモニカで、私はマルセル様に憎まれているとずっと勘違いしていたから。

「そういうことなら喜んで協力するよ。なんとしてもアゼリアの想い人の男性を捜し出すよ。オリバーにも伝えておかなければね」

「そうですね」

ヨハン先生に向かって、ケリーが力強くうなずく。

「え？」

私はそんなふたりに驚いてしまう。何やらケリーとヨハン先生は話が盛り上がっているようだ。

だが、そんなふたりを見て安心したのもまた事実。これから先もケリーは寂しい思いをせずにヨハン先生と仲良く暮らしていけるはず。

両親と大切な恩人を捜すお手伝いをしてくれる人たちがいる。どうか私の命が尽きる前に両親に、そしてカイに会えることができますようにと、心の中でつぶやいた。


十八時半になり応接室は緊迫した雰囲気に包まれていた。なぜかというと……

「失礼ですが、あなたは誰ですか？　今まで見たことない顔ですね」

オリバーさんが不審そうな目をマルセル様に向ける。

「私はアゼリアの元婚約者のマルセル・ハイムです。彼女の両親を捜し出す手伝いをしています。それよりも、あなたこそ誰なんですか？」

マルセル様はオリバーさんに尋ねた。しかし、オリバーさんはマルセル様の質問に答えず、驚いた様子で私のほうを見る。

「アゼリアの元婚約者だって⁉　本当なのか⁉」

「は、はい。そうです……」

私が小さな声で答えると、オリバーさんはマルセル様が気に入らないのか彼に敵意ある視線を向けたまま黙ってしまう。

気まずい空気が漂う中、それを察知したベンジャミンさんが口を開く。

「ハイム家なら聞いたことがあります、名門貴族ではありませんか。はじめまして、僕はアゼリアの昔からの知り合いでベンジャミン・ルイスと申します。彼は友人のオリバーで新聞記者。こちらの女性は知人のイングリット・オルグレイン様です」

「はじめまして。イングリット・オルグレインと申します。ベンジャミンとはとても親しくお付き合いさせていただいてます」

ベンジャミンさんに紹介されたイングリット様は挨拶をすると、私を見つめる。

……そう、緊迫した雰囲気は、突然来られたマルセル様とイングリット様が原因だった。

「そうでしたか。……それで、なぜみなさんはこちらに集まられたのですか？」

マルセル様は不満げに周囲を見渡した。

「俺はヨハンに用があったからここへ来たんですよ」

「僕は今夜この時間にここへ来るようにヨハンに言われたからです。そうだよね、アゼリア？」

ベンジャミンさんはニコリと私に笑いかける。その隣のイングリット様が私を凝視していることにはまったく気がついていない様子だ。

「たしかにそうは言ったけれど、なぜイングリット様までいらしているのですか？」

ヨハン先生はイングリット様に尋ねる。

「あら、別にいいでしょう？　私、そちらの女性とお話をしてみたかったの。アゼリアさん、どうか私とお友達になっていただけないかしら？」

「え……？　わ、私とですか？」

「ええ、そうよ」

イングリット様は笑ってるけれど、その目はどこか冷たい。人を射るような鋭い視線は、フレーベル家の人々が私に向けたものを彷彿《ほうふつ》とさせる。

テーブルの下で組んでいる私の両手が無意識に震えてしまう。怖い、友達になどなれるはずはないと思うけれど、彼女は私と違い本物の貴族令嬢だ。断ることなどできない。

「わ、私でよければ――」

「アゼリア、顔色がずいぶん悪いよ。もう部屋に戻って休んだほうがいい。行こう、僕が付き添うから」

返事をしかけたとき、ヨハン先生が言葉を遮った。こんなに大勢のお客様がわざわざ訪ねてきているのに、部屋に戻っていいのだろうかと私は逡巡する。すると。

「ヨハン先生。私は今アゼリアさんに話しかけているのだけど？」

イングリット様がヨハン先生に鋭い視線を向ける。

「オルグレイン様、申し訳ございません。アゼリアは体調が優れないのです。このまま話をするのは難しいので、部屋に連れ帰らせていただきます」

「それなら私も彼女の部屋に行くわ。女ふたりで静かにお話ししましょう」

そ、そんな……！　私は自分の身体が強張るのを感じた。そのときマルセル様がイングリット様に話しかけた。

「あの……失礼ですが、イングリット・オルグレイン様。ブライアンという人物をご存じですか？」

「な、なぜその人の名を……？」

イングリット様が驚いたようにマルセル様を見つめた。

「やはりそうでしたか。私はあなたの婚約者のブライアンと同じ職場で働いているマルセル・ハイムと申します。いつも彼から自分には自慢の婚約者がいると、あなたの話を聞いていましたよ」

マルセル様の言葉にイングリット様の顔色がサッと変わった。ベンジャミンさんが会話に加わる。

「彼女は、僕の顧客の大切なお嬢様なのです。どうしてもアゼリアと友達になりたいというので一緒に連れてきたんですよ」

「婚約中の身でありながら、別の男性と出歩くような真似をしてもよろしいのですか？　ブライアンはこのことを知っているのですか？」

「そ、それは…！」

マルセル様に尋ねられイングリット様は言葉につまり……そしてため息をつきながら立ち上がった。

「どうやら私はお邪魔のようだから帰らせてもらうわ……ベンジャミン。外はもう暗いので、送ってくれるかしら？」

「で、ですが僕はアゼリアと話を――」

「ああ、そうだ。送ってやれ」

「それがいいと思うよ。ベンジャミン。相手はレディーなのだから」

今まで黙って事の成り行きを見守っていたオリバーさんに、ヨハン先生が同意する。

「そ、そんな……僕はアゼリアと話がしたくてきたのに……」

ベンジャミンさんは不満そうな声を上げ、まるですがるように私を見た。

体調はともかく、なんだか私は申し訳ない気持ちが込み上げてくる。イングリット様は憤慨しているようだし、ベンジャミンさんは困り切った顔をしている。そして私をじっと見つめるオリバーさんとヨハン先生。どうしようかと頭を悩ませていると。

「アゼリアは身体の具合が悪いので、休ませてあげるべきでしょう？　ヨハン先生の言う通り顔色がよくないから部屋に戻ったほうがいいと思う」

マルセル様が助け舟を出してくれた。意外な彼の一面に私は驚いてしまう。その頼もしさは、私たちが出会ったばかりのころの彼らしい。

「失礼いたします。お茶をお持ちしました……え？」

そこへお茶を用意したケリーが、ワゴンを押して応接室に現れた。彼女は立ち上がっているイングリット様を見て困惑の表情を浮かべる。

「ケリー、お茶は僕が配るからアゼリアを部屋に連れ帰ってあげてくれないかな。もうベッドで休んだほうがいい」

「は、はい！　アゼリア様。お部屋に戻りましょう」

ヨハン先生のお願いにケリーが首を縦に振る。主治医の言葉なら、みんなも納得してくれるだろう。

「みな様……せっかくお集まりいただいたのに申し訳ございません。お部屋に下がらせていただきます」

ケリーに連れられて私は応接室をあとにしたのだった。


応接室を出てからもうすぐ一時間後。ベッドで休んでいた私は時計を見た。

「話し合いはどうなったのかしら……様子がわからないと、こんなに不安になるものなのね」

ベンジャミンさんとイングリット様は帰ったのだろうか。ケリーは食事の準備に食堂へ行っているし、何よりヨハン先生に部屋で大人しくしているように言われていたので、様子を見に行くこともできない。

「……何もしていないと余計に時間を持て余して、不安な気持ちになってしまうのかもしれないわね。本でも読みましょう」

ベッドから身体を起こそうとしたとき、突然それは起こった。

——キーン。

両耳に激しい耳鳴りが起こり、辺りの景色がグルグル回って見える。

「……っ！」

そ、そんな、ここ最近、眩暈《めまい》や耳鳴りの症状が治まっていたのに……？

ピロウに頭をおしつけて治まるのをじっと待つ。心臓がドキドキと早鐘を打つ。急に身体を起こしたから眩暈《めまい》が起きたのかもしれない。

「はぁ……はぁ……」

「やっぱり今は休んでいたほうがよさそう……」

そこまで言いかけたとき、鼻の奥から血なまぐさいにおいを感じた。

——ボタ……

次の瞬間、鼻の奥から生温かいものが込み上げ、ブラウスの上に血が垂れた。ボタボタと血が流れ出て、着ていた服が赤く染まっていく。ベッドを汚してはいけないと、スカートのポケットに入れておいたハンカチで鼻を押さえ、床に足を下ろそうとする。

「あ……」

しかし、再び激しい眩暈《めまい》に襲われる。なんとか意識を保とうとしたが無理だった。視界は闇に覆われ、私はそのまま意識を失ってしまった。

「アゼリア」

誰かがそばで名前を呼んでいる。なんとか薄目を開けてみると、私を心配そうに覗き込んでいるヨハン先生の姿があった。そばではケリーが目に涙を浮かべて立っている。

「ヨハン先生……ケリー……」

自分でも驚くほど弱々しい声だった。

「アゼリア様……！」

ケリーが声を震わせて私を見た。

「よかった……アゼリア。意識が戻って……」

ヨハン先生が安堵の表情を浮かべる。

「あの……私……一体？」

言いかけたとき、腕に点滴の針が刺さっていることに気づいた。

「夕食ができたのでアゼリア様を呼びにきたのですが、ノックをしてもお返事がなかったので……部屋に入ってみればベッドの上で倒れていました。しかも、服が血で汚れていて……」

ケリーは声をつまらせながら説明する。

「マルセル様とオリバーで話し合いをしていたら、ケリーが慌てて僕を呼びにきたんだ。急いで駆けつけると、顔色が真っ青になっているアゼリアを発見して驚いたよ。でも意識が戻って……本当によかった……」

ヨハン先生はホッと息をつくと私の脈を測る。

「うん、大丈夫そうだ。脈拍も安定しているし、呼吸も問題なさそうだね」

「ご迷惑をおかけしてしまい、申し訳ございません。そしてケリー、あなたにも……」

「何をおっしゃっているのですか？　迷惑だなんて思わないでください！」

「そうだよ、この診療所で療養しているのだから。むしろ気を遣わないでほしい。……ベッドを汚してはいけないと思って、身体を無理に動かしたんじゃないのかい？」

「え……？　そ、それは……」

ヨハン先生の言う通りだった。

「眩暈《めまい》が起きているときに身体の向きを変えたから、意識を失ってしまったんだよ。そんなことはしなくていいからね？　誰もいない場所で倒れてしまうほうが心配だ。ケリー、オリバーとマルセル様にアゼリアの意識が戻ったと伝えてきてくれないか？」

「まだおふたりはここにいらっしゃるのですか？」

「アゼリアの様子が気になるから帰るわけにはいかないと言って、まだ応接室に残っているんだよ。

でも目が覚めたと説明すれば、安心して帰れるだろう？」

「では伝えてまいりますね、失礼いたします」

部屋を出ていこうとするケリーを私は引き留める。

「ケリー、待って。……あの、ヨハン先生。マルセル様もオリバーさんも私のことを心配して待っていらしたのですよね。少しでも顔を見せたいのですが……」

「でも、君のその……血のついた服を見るとふたりは驚くんじゃないかな？　点滴中だから今すぐ着替えることもできないし……。彼らに伝言でもあれば伝えるよ」

「あ……」

言われてみればヨハン先生の言うとおりかもしれない。私が着ている白いブラウスは、胸元と袖の部分が鼻血で赤く染まっていた。そこでケリーにお願いする。

「……ケリー、机の引き出しの中にペンダントが入っているわ。それをオリバーさんに見せてあげて？　きれいに磨いてもらったから家紋がはっきりわかると思うの。それと……マルセル様に、ありがとうございましたと伝えてほしいわ」

「はい。わかりました」

「それじゃ僕たちはふたりのところへ挨拶に行ってくるね。アゼリアは休んでいるんだよ。また様子を見にくるから」

扉を閉じられ、私は再び部屋にひとりきりになった。

「最近、症状が現れなかったから大丈夫だと思っていたのに……」

やっぱり私の寿命は限られているのだ。命が尽きる前に、家族に、カイに再会できる日は来るのだろうか……？　そう思うと少しだけ涙が出た。

第十章　見つかった手がかり

倒れてしまった日から数週間が経過し、全回復とまではいかないが私の容態は落ち着いてきていた。ケリーの作ってくれた夕食を食べたあと、私はリビングでヨハン先生とともに特製ハーブティーを飲んでいた。

そのとき、診察室で電話のベルが鳴り響く音が聞こえてくる。

「おや？　ちょっと出てくるね」

ヨハン先生はそう言って診察室へ向かう。私はひとりきりになった静かな部屋でゆっくりハーブティーを飲む。

「ヨハン先生のハーブティーは本当においしいわ」

ほっと息をついていると、ヨハン先生が戻ってきた。

「アゼリア。マルセル様からだよ。電話……出るかい？」

「はい、出ます。マルセル様にはお礼を言いたいので」

私は診察室へ向かい、受話器を取った。

「お待たせいたしました。マルセル様」

『アゼリア、具合はどうだ？』

「はい、今日は一日中体調がよかったです。先日はせっかくいらしていただいたのに、すぐに退席してしまい、申し訳ございませんでした」

『具合が悪かったのだから仕方がないさ。今日は体調がよくて安心したよ。あの日、ケリーが真っ青になって、アゼリアが倒れていると駆けつけてきたときは……本当に心配したよ……』

受話器越しからマルセル様の安堵の息が聞こえた。そんなに私の身を案じてくれていたなんて。その気持ちがうれしかった。

「それで私に何か御用があるのですよね？」

『そうだ。実はアゼリアのペンダントの出どころがわかったんだよ！』

「え……？　そ、その話本当ですか……？」

まさか、本当に見つかったなんて！　感動と緊張で受話器を持つ手が震えてしまう。

『父は世界の歴史を調べるのが趣味なんだ。特に、今は存在しない国の歴史に興味を持っている。どうやらアゼリアのペンダントに刻まれた紋章に覚えがあったらしい。それで歴史書を片っ端から調べてみると、同じ紋章を見つけたんだ』

マルセル様の声は興奮気味だった。もちろん、私もドキドキしている。

「今は存在しない国ですか？」

『国の名前はパレルソン。二百年ほど昔に滅びて、今はアルドラという地名に変わっている。王族

の名はファファニールと記されていた。つまり、アゼリアには正当な王家の血が流れていたということだ』

「……ファファニール？　正当な王家の血？」

あまりに実感が湧かず、私はマルセル様の言葉を繰り返してしまう。

『ああ、俺はそう思う。この国はここからはるか東にあったらしい。ただ……すまない。すぐにアゼリアに報告したかったから、これ以上のことはまだ調べられていないんだ』

申し訳なさそうに謝るマルセル様。でも、ほんのわずかな間にここまでの情報を得られるとは正直思ってもいなかった。

「本当にありがとうございました。私も調べたいと思います」

私のことなのに、ひとり何もしないでただ待っているのは申し訳ない。

『何を言ってるんだ。お前は病気なんだぞ？　無理をしたらどうなるかわかっているのか？』

「ヨハン先生に許可をいただきます。国の名前と王族の名前がわかったのですから、図書館に行って調べてみます」

『しかし……わかった。俺にはお前を止める資格はない。あまり長電話すると身体に障《さわ》るかもしれないから、もう切るよ。おやすみ、アゼリア』

「はい。おやすみなさい」

電話を切ったあと、少しの間先ほどのマルセル様と交わした会話について考える。

予想だにしない内容。いまだに夢なのかと思ってしまう。今まで私は自分の出自がわからず、不安でたまらなかった。下賤の血が流れているに違いないと、フレーベル家の人たちからは見下されて、肩身の狭い息のつまりそうな日々を過ごしてきた。

けれど、ようやく私の原点がわかったのだ。

「大丈夫……きっと、今に本当の両親が見つかるに違いないわ」

心の中で、まだ見ぬ両親と再会を喜びあう情景が浮かぶ。急いでリビングへ戻ると、ヨハン先生と仕事を終えたケリーが出迎えてくれた。

「おかえりなさい、アゼリア様」

「マルセル様はなんと言ってきたんだい？」

「はい、実は――」

私はマルセル様から聞いた話を包み隠さずふたりに話した。

「アゼリア様は王家の血を引くお方だったのですね。でも、そう言われて納得です。だってアゼリア様からは高貴な雰囲気が漂っていますから」

「そんなことはないわ。それに王家の血筋と言っても二百年も前のことよ」

「だけどその王族の血を引いたアゼリアがここにいるのだから、きっと末裔の人々がまだ残っていると僕は思う」

「それでヨハン先生。明日体調がよければ、図書館に行く許可をいただけないでしょうか？　自分で調べたいのです」

私の命は限られている。身体が動くうちに後悔がないように生きたい。それに町を自由に散策したり、好きな本を読んだりと、今までやりたくてもできなかったことをどうしても経験してみたかった。

「う～ん、できればアゼリアをひとりで行動させたくないところだけど……僕は診察があるし、ケリーも家の仕事で忙しいし……」

「お願いします。決してもう無理はしません。今までの私は思うように外出することもままなりませんでした。でもようやく自由の身になれたのです。だから自分の足で、いろいろな場所へ出かけてみたいのです。どうかお願いします」

「わかったよ、そこまで言うなら外出を許してあげるよ。だけど、ひとりで出かけるときは最大三時間までだよ。三時間以内に必ず診療所へ戻ってくること。……約束してくれるかい？」

「はい、大丈夫です。約束します」

「アゼリア様。どうか無理はしないでくださいね？」

ケリーが声をかけてきた。

「ええ、絶対に無理はしないわ」

こうして私は、図書館へ行く許可をヨハン先生から得ることができた。

翌日は素晴らしく天気のいい日だった。外出着に着替えると日傘をさして、メインストリートに出る。

そこには豪華な一台の馬車が停まっていた。美しい装飾が施され、つやつや光る栗色の毛並みの馬も立派で手入れが行き届いている。その馬を見たとき、カイのことが脳裏をよぎった。

「カイ……」

カイは他の御者よりもずっと真面目に働いていた。馬が本当に好きだったのだろう。優しく語りかけながら馬の身体をきれいに拭いたり、ブラッシングをしてあげたりと甲斐甲斐しく世話をしていた。私は授業の合間を縫っては厩舎を訪れ、カイが馬の世話をする様子を眺めていたのだった。馬がカイの手によって美しくなっていく姿は見ていて飽きなかった。

「カイも捜し出してお礼を言わなくちゃ……」

そのとき目の前の馬車の扉が開き、ひとりの女性が降りてきた。その人物を見た瞬間、私の身体に緊張が走る。

「こんにちは、アゼリアさん」

馬車から降りてきたのは、イングリット様。彼女は私を見るとニコリと微笑み、ゆっくり近づいてきた。

「こ、こんにちは。イングリット様」

「まぁ、私の名前を憶えていてくれたのね？」

まるで人が変わったかのような態度で、私は何も言うことができない。

「先日は本当にごめんなさい。私ったらすっかり誤解してしまって……許してもらえるかしら？」

「あ、あの……？」

突然の謝罪に戸惑ってしまう。どうやら私とベンジャミンさんの関係を疑っていたらしい。でも誤解が解けたなら、もう関わることもないはずなのに。

戸惑ったままでいると、イングリット様が手紙を差し出す。

「これは、ほんのお詫びのつもりなのだけど……私が参加しているサロンに招待させてもらえるかしら？　今日はその招待状を持ってきたの。他では得られない貴重な情報を知ることが可能よ。きっとアゼリアさんにとって有意義な話が聞けると思うの。ぜひいらして？」

その言葉に胸がギュッとなる。

「他では得られない貴重な情報ですか……？」

「ええ」

イングリット様が首を縦に振る。

私にあまり時間は残されていないからこそ、どんな些細なことでも家族を……そしてカイを捜す手がかりがほしい。そして、イングリット様の気持ちは好意として受け取りたい。

けれども、もし、サロンに参加している中で眩暈《めまい》や貧血、出血が起きたら？　最近体調がいいから安心していたけれど先日は倒れてしまった。

「……申し訳ございません。お気持ちは大変うれしいのですが、私は重い病気にかかっています。参加すれば他の出席者の方々のご迷惑になってしまうかもしれませんので、辞退させてください。でも誰かに感染するような病気でないことはお伝えしておきますね」

「重い病気……？　そう言えばヨハン先生もそんなことを言っていたわね。たしかにあまり顔の色がよくないようだわ」

イングリット様がじっと私の顔を見つめる。そのときクラリと立ちくらみが起こり、身体が揺れた。

「危ない！　……アゼリア様さん、大丈夫？」

「あ、ありがとうございます」

とっさにイングリット様に身体を支えられた。彼女は心配そうな表情を浮かべている。

「どこかに出かけようとしていたのよね？」

「はい。図書館に調べ物をしに行こうとしていたのです」

「もしよければ少し私の馬車で図書館にいかない？　この馬車は乗り心地がいいし、飲み物も用意してあるわ。図書館は馬車で二十分ほどだから、その間身体を休めることもできるでしょう？」

「でも、ご迷惑ではありませんか？」

イングリット様の馬車に乗せてもらうのは気が引ける。

「何か探している本があれば手伝うから。この間、失礼な態度を取ってしまったお詫びよ。ましてやアゼリアさんは他ならぬベンジャミンの知り合いなのだから」

そこまで言われれば断りにくい。それにイングリット様の言葉は本心のように思えた。先日と打って変わった態度にも合点がいく。

「それではお言葉に甘えてもよろしいでしょうか？」

「ええ、もちろん！」

遠慮がちに尋ねると、イングリット様は笑みを浮かべる。そして私は彼女の手を借りて馬車に乗り込んだ。

「……本当に素晴らしい馬車ですね」

椅子はフカフカで、内装も素敵だ。馬車の揺れを少しも感じさせない。

「アゼリアさん、これは私が好きなレモネードという飲み物よ。美容と健康によくて、とてもおいしいの」

コップに注がれた飲み物を受け取り、ひと口飲んでみると甘酸っぱい味が口の中に広がった。すっきりしていてとても飲みやすい。

「とてもおいしいですね」

私の感想にイングリット様は微笑むと、自身も優雅な手つきでそれを飲む。

「それでアゼリアさん。重い病と言っていたけれど、サロンに参加できないほどの病気なのかしら？」

彼女の質問に私は覚悟を決めた。どのみち病気のことは伝えようと思っていたのだ。そして私は自分の病気のことを説明した……が。

「う……うう……」

困ったことになってしまった。イングリット様がハンカチで目元を押さえながら泣いている。途中からイングリット様は目に涙を浮かべ、話し終えるころには涙をボロボロとこぼしていた。

「あ、あの……どうか泣かないでください……」

「本当にごめんなさい。アゼリアさんは重い病気だったのに、失礼な態度ばかりとってしまって……本当になんとお詫びしたらいいのかわからないわ……」

イングリット様が顔を上げ、涙混じりに言った。きっと彼女は自分の心にとても素直な女性なのだろう。だから私とベンジャミンさんの仲を疑ったときにはあのような態度を取り、誤解だとわかればすぐに謝罪してくれる。

「それで……本当のご家族を捜している……のね？」

ようやく少し落ち着いたイングリット様が泣きはらした目で私を見つめた。

「はい、そうです。マルセル様が手がかりを見つけてくださったのです。私が持っていたペンダントに刻まれた紋章は、二百年ほど前に滅びてしまった国の『ファファニール』という王族のものだったのです」

「ファファニール？　図書館でその王族のことを調べましょう。ぜひお手伝いさせて。それと三日後にサロンが開催されるの。メンバーに年配の女性がいるので、その女性にお話を聞いてみたらどうかしら？」

「三日後ですか……？」

「ええ、彼女なら何か知っているかもしれないわ」

一度はサロンに参加するのを断ろうと思ったけれど、イングリット様に病気のことは告げた。両親について少しでも情報が得られるなら……

「はい、ぜひ参加してみたいです。ヨハン先生に頼んでみます」

「ええ、それがいいと思うわ。参加可能であれば当日は迎えに行くわね」

ちょうどそのとき、馬車が停止した。窓の外を見ると、まるで巨大な教会のようにも見える大きな建造物が見える。どうやらここが図書館らしい。どうか家族の手がかりが掴めますようにと、心の中でつぶやく。

私はイングリット様に連れられて図書館に足を踏み入れた。

「すごい……」

そして、その本の多さに驚いた。三階建の図書館は吹き抜けになっており、左右にある螺旋階段で上にいけるようになっている。壁に埋め込まれた本棚には、きっちりと本が並べられていた。

「こんなにたくさんの本、初めてみました」

図書館は閑散としていた。利用客も数人いる程度で、館内はシンと静まり返っている。

「本のにおいがする……」

私は瞳を閉じて、少し古びたインクの香りや、かすかな草のような香りを感じ取る。

「アゼリアさんはここのベンチで休んでいて。私が司書にファファニール家の本か資料が残されていないか尋ねてくるわ」

「お気遣い、ありがとうございます」

「いいのよ、アゼリアさんの力になりたいだけよ。だから気にしないで？」

私がベンチに座るのを確認し、笑みを浮かべたイングリット様は受付カウンターへ足を向けた。

時折彼女が受付の人と話している声が聞こえてくるのみで、図書館は本当に静かな空間だ。

「アゼリアさんは本がお好きなのですね。なんだかとてもうれしそうにみえるわ」

いつの間にか戻ってきていたイングリット様が私の隣に座る。

「はい、今日ここに来ることができて本当にうれしいです」

「それはよかったわ。『ファファニール』の資料については、司書もよくわからないそうなの。ただ歴史の資料は、このフロアの七の数字の書棚にあるのですって。今から探しにいってくるわ」

「よかった……同じフロアなら私も行けそうです」

「アゼリアさん、まさか自分で探すつもり？」

イングリット様の顔が曇った。

「はい。そのつもりですが……？」

「では一緒に探しましょう。もし具合が悪くなったら遠慮せず言ってね？」

私とイングリット様の本の捜索が始まった。静まり返った図書館で私たちは無言でページをめくる。しかし。

「……なかなかないわね……」

本を閉じたイングリット様が話しかけてきた。棚を端から順に調べていくが、それらしき記述は見当たらない。

「そうですね。やはりはるか東の辺境の地ということですから……」

資料をめくりながら返事をしたそのときだった。

「こ、これは……！」

私は思わず手を止めた。

「どうかしたの？」

「はい。私の持つペンダントと同じ紋章がこの本にのっていたのです」

「まぁ！　本当⁉」

イングリット様が興奮気味に本を覗き込んだ。そこには私のペンダントに刻まれた紋章と同じものが記されている。

――エンパイア歴　六二四年四月十三日　パレルソン王国　クーデターにより滅亡。

「やはりマルセル様の話していた通り……すでにこの国はないのね？」

イングリット様が私を見た。

「はい……そのようですね。私はてっきり戦争で滅亡したのだと思っていたのですけど……」

続きを読み進めると、どうやらパレルソン王国は深い谷に囲まれた国だったらしい。他国からの侵略は免れたが、悪政国家でそれをよしと思わなかった一部の貴族が国民を抱き込んで、クーデターを起こしたようだ。

「アゼリアさん、ここを見て」

イングリット様がある一文を指さした。

――ファファニール一族の特徴は、神秘的に輝くグリーンアイ。王族は全員捕らえられ処刑されたが、反乱が始まる半年前に他国に嫁いだ姫がただひとり生き残った。

「これは……！」

「おそらくその王女様が持っていたペンダントが、アゼリアさんに譲り渡されてきたんじゃないかしら？」

そのとき、図書館の振り子時計が鐘を鳴らした。時間切れだ。

「イングリット様、大変申し訳ございません。あまり長い時間の外出はしないようにと言われておりまして、私はそろそろ戻らなければなりません」

「アゼリアさんの体調のこともあるから、無理しないでね。この本は借りていくのはどう？」

「はい。本当に今日はありがとうございました」

本を借りたあとイングリット様が馬車で家まで送ってくれた。家に戻り、ヨハン先生とケリーに図書館で得た情報を話す。そして、サロンに出席するという物知りの女性がいることも説明する。彼女なら何か知っているかもしれないので、ぜひサロンに参加したいとお願いした。

最初は難色を示したヨハン先生だったが、最終的には参加の許可を出してくれる。それから三人で食事をしたあと私は部屋に戻った。時刻は十四時半になろうとしていた。

「グリーンアイ……」

私はペンダントを握りしめると、鏡の前に立って自分の瞳を見た。

私の瞳は緑色。きっと私の父か母のどちらかが、ファファニール家の血筋を持っているのだろう。

「お父様……お母様……どうかおふたりに会えますように」

昔はこの瞳を見るたびに、私はフレーベル家の人間ではないのだという現実を突きつけられているようで辛かった。

しかし、自分の出自がわかると不思議といやな気持ちにはならない。ケリーは私の瞳の色がきれいだと言ってくれたし、カイも素敵な色ですと褒めてくれた。ヨハン先生にいたっては瞳の色で、同じ教会に住んでいた『アゼリア』だと気づいてくれたのだ。

以前までは自分の瞳の色が好きじゃなかったけど、今はよかったと心の底から思える。

その日の夜のこと、いつものようにヨハン先生と一緒にリビングで特製のハーブティーを飲んでいると、マルセル様から電話が来た。

「マルセル様、お待たせいたしました」

『アゼリア、今日の具合はどうだったんだ？』

マルセル様は真っ先に体調を尋ねてきた。

「はい、体調は一日よかったです。貧血もありませんでしたし、鼻血も出ませんでした」

『そうか、よかった……』

電話越しから安堵のため息が聞こえてきた。マルセル様が私のことを本当に心配してくれている様子が伝わってくる。

「ご心配いただき、ありがとうございます。私にはヨハン先生とマルセル様のお父様、ふたりの先生がついてくださっているので大丈夫ですよ。なので、もうお電話は――」

『もしかして、俺が電話をかけるのを迷惑に思っているか……？』

私の言葉を遮ってマルセル様の悲しげな声が聞こえてきた。そんなふうに考えてはいなかった。しかし。

「迷惑だとは思っていません。ただマルセル様はお忙しい方ですから、私に電話を入れるのも負担ではないかと」

『忙しくても電話はできる。それに、アゼリアがフレーベル家にいたときは、毎週屋敷に出向いていたんだ。お前に会えなかったけれど……』

私たちはもう婚約解消して赤の他人になった。それなのにマルセル様は私の家族捜しに協力してくれるし、身体を気遣って電話もかけてきてくれる。

『実は今夜電話をしたのには理由があるんだ。アゼリアに渡したいものがあるんだ。明日は仕事が休みだから診療所へ行ってもいいだろうか？　この間はお前の許可なく、会いにいってしまったから……』

「明日ですか？」

明日は特に予定はないし、診療所内で会うくらいなら体力的にも大丈夫だろう。

「はい、大丈夫です。十時ごろはいかがでしょうか？」

『そうか、よかった。十時だな？　必ず時間通りに行く。アゼリアの体調もあるし、そろそろ電話を切るよ。長々と話をしてしまってすまなかった。……おやすみ、アゼリア』

「いえ、大丈夫です。それでは、おやすみなさい。マルセル様」

そう言うと電話は切れた。リビングに戻ると、ハーブティーを飲んでいたヨハン先生に明日マルセル様が訪れることを伝えた。すぐに優しい笑みを浮かべて無理だけはしないようにと言ってくれた。


翌朝十時少し前、私は診療所の前に置かれたベンチに座り、マルセル様が来るのを待っていた。

昨夜、診療所の裏口から入ってほしいと伝えるのを忘れていたのだ。

目の前のメインストリートを馬車やまだまだ物珍しい自動車が行き交っている。

「すごいわね……自動車というのは。どういう仕組みで動いているのかしら？」

「あれ？　アゼリアじゃないか。なぜこんなところにいるんだ」

ひとりでにポツリとつぶやいたとき、不意に声をかけられた。顔を上げると、自転車にまたがったオリバーさんがいた。

「おはようございます、オリバーさん。座ったままの挨拶ですみません。いきなり立ち上がると立ちくらみをおこしてしまうので」

「いいって、いいって。俺なんかに気を使う必要なんかないからな？」

自転車を降りたオリバーさんは、私の頭を撫でてきた。子ども扱いされているようで少し恥ずかしい。

「あ、あの。今日はどうされたのですか？」

「実はこの先で今日は取材があるんだ。それでたまたまこの道を通りかかったらアゼリアを見かけたんだよ」

「お久しぶりです、オリバーさん」

そのとき声が聞こえた。その方向を見ると、そこには大きな袋を手にしたマルセル様がいた。

「あ！　あ、あなたは……！」

「人を指すのは礼儀としてどうかと思いますけど。……アゼリア、まさかここで俺が来るのを待っていてくれていたのか？」

マルセル様はオリバーさんに眉をひそめたあと、笑顔で私のほうを向いた。

「あなたはまだアゼリアにまとわりついていたのですか⁉」

その言葉にマルセル様はオリバーさんを睨む。

「いけませんか？　そういうあなただってアゼリアにまとわりついているじゃないですか」

「それは違います。俺は仕事があってここを通ったら、偶然彼女を見かけたので声をかけたんですよ」

「それならすぐに仕事に行かれてはどうです？」

ふたりが険悪なムードで睨み合っている。ここは仲裁に入らないといけないと思い、恐る恐る声をかけた。

「あ、あの……」

「「なんだ？」」

声をそろえて私のほうを振り向くふたり。

「い、いえ。オリバーさんはこれからお仕事なのですよね？　そろそろ行かれたほうがいいのではありませんか？」

オリバーさんは自分の腕時計を見ると顔色を変えた。

「うわ、早く行かないと遅刻だ！　またな、アゼリア」

そう言って私の頭を再び撫でてくる。そして自転車にまたがると、あっという間に見えなくなってしまった。

「アゼリア……あまり安易に男に頭を撫でさせるな」

「あ、あの……？」

いきなりの言葉に戸惑い、マルセル様を見上げる。

「すまなかった……俺はもうお前にそんなこと口にする権利がなかったのに。ごめん、悪かった」

「いえ、別に気にしてはおりませんから。では中へ入りましょう」

私はゆっくり椅子から立ち上がると、ふたりで応接室に移動した。

「それでマルセル様、本日はどのようなご用件でいらしたのですか？」

ケリーの淹れてくれた紅茶を飲みながら尋ねる。

「実はアゼリアにプレゼントしたいものがあってきたんだ」

マルセル様は袋から大きな箱を取り出し、ふたを開けた。

「まぁ」

箱の中には水色の美しいドレスが入っていた。マルセル様はドレスを広げて見せてくれる。

「……とても素敵ですね」

「俺は女性の服のことはよくわからないが、これはデイ・ドレスというもの。貴族女性の集まりなどではよく着られているらしい。ヨハン先生からサロンに参加すると聞いたのだが、ドレスが必要だろう？」

「でも受け取るわけにはいきません。私はもうマルセル様と――」

「これは婚約中に母と選んだものだ。きっとお前に似合うと思う。どうか受け取ってほしい。……お前に何度もドレスをプレゼントしてきたが、すべてモニカが盗っていたんだろう？　いや、その事実もお前は知らなかったんだよな？」

マルセル様の気持ちがうれしくて思わず涙ぐんでしまう。

「マルセル様……本当にありがとうございます。うれしいです……。サロンに出席するとき、ありがたく着させていただきます」

そっとドレスに触れながらお礼を述べた。

「アゼリアの体調のこともあるし俺はそろそろ帰るよ。ドレスを渡すために来ただけだからな。見送りはしなくていい。それより身体をいたわるんだぞ？」

来てまだ一時間も経っていないのに、マルセル様はそう言って応接室を出ていった。

マルセル様がプレゼントしてくれた水色のデイ・ドレスを広げてみる。それはツーピースになっていて、胸元部分は白いレースに覆われ、スカート部分はバッスルスタイルになっていた。

「こんなに素敵なドレスを手にするのは初めてだわ」

そしてふとこのドレスに似たデザインのものをモニカが着ていたことを思い出す。ひょっとするとあのドレスはマルセル様が選んでくれたドレスだったのかもしれない。

第十一章　サロンへの初参加

二日後、私はマルセル様からもらったドレスに身を包み、開催されるスターリング侯爵のお屋敷に来ていた。

「素敵なお部屋……」

若いメイドに案内されてサロン会場に入った途端、思わず感嘆のため息が漏れてしまう。

そこは美しい薔薇の庭園が見渡せるガラス張りのサンルームだった。日差しが差し込み、大きな楕円形のテーブルには着飾った十名ほどの女性たちがすでに着席して歓談している。

「みな様、ご機嫌いかがでしょうか？」

イングリット様が声をかけると、女性たちは一斉に立ち上がり挨拶にやってくる。私もイングリット様の隣に立ち、入れ替わり立ち代わり女性たちと簡単に挨拶を交わした。彼女たちの年齢層はバラバラで、十代なかばと思われる少女から年配の貴夫人までいる。

「このサロンには特別なコネクションがなければ入れないの。たとえ、どんなに身分が高くても入会資格を得られるとは限らないのよ。だからみなさんの年齢層がバラバラなの」

イングリット様がそっと私に耳打ちして教えてくれた。

「え……？　ではなぜ私は入れたのですか？」

まともに社交界すら出たことがないのにと首をかしげると、イングリット様が答えてくれる。

「それは私の紹介だからよ。実はこのサロンの発起人は私なの」

「そうだったのですか？」

イングリット様はやはりすごい方なのだと改めて実感した。ひと通り挨拶を終えると、それぞれ少人数グループに分かれて歓談が始まった。

「いらっしゃい、イングリットさん。アゼリアさん、お手紙で彼女からお話はうかがっているわ」

年配の女性――スターリング侯爵夫人はそう言って優しく微笑んだ。彼女はシルバーの髪に紫色の瞳を持ち、とても上品な雰囲気をまとっている。

「主治医を隣の部屋に待機させているわ。具合が悪くなったらいつでも言ってちょうだいね」

「私のために、本当にありがとうございます」

「そう言えば、アゼリアさんは以前フレーベル家にいらっしゃったのよね？」

スターリング侯爵夫人が不意にフレーベル家の話題を持ち出す。どうやらイングリット様が病気のこと以外もある程度、話は伝えてくれていたようだ。

「はい、そうです」

私はもうフレーベル家とは無関係。マルセル様が婚約破棄を申し出たときに、私の行方《ゆくえ》はわからなくなったと伝えてくれた。

「……フレーベル家は財産はかなり保有しているようだけど、世間の評判が非常に悪いわね」

「そうなのですか？」

ほぼ世間から切り離された生活を私はしていたので、貴族の間でフレーベル家がどのような評判だったのか、ほとんど知らない。

「ええ、フレーベル家の当主は現在あの屋敷には住んでいないのでしょう？　どうやら別の屋敷に愛人と暮らしているという話を耳にしたことがあるわ」

まさかお父様の話が世間でこんなにも広まっていたなんて……

お父様は私がフレーベル家を出たことを知らないのかも。けれど今となってはどうでもいいことだった。所詮あの家族は偽物。お母様やモニカ……そしてお父様が今さら私を捜すとも思えない。

私はもうあの家に執着するのはやめた。本当の家族がいるのだから。

そんなことを考えていると、なぜかスターリング侯爵夫人はじっと私を見つめてきた。

「あ、あの……何か……？」

「あら、ごめんなさい。実はあなたが私の知り合いの女性によく似ていたものだからつい……」

スターリング侯爵夫人はそう言って微笑むと、続ける。

「彼女もあなたと同じ栗色の髪に、珍しい緑色の瞳をしているのよ。雰囲気までそっくりだから、一瞬、彼女の娘かと思ってしまったわ」

私はその言葉にドキリとした。イングリット様も何か感じたのだろう。

「スターリング様。そのお話……詳しく聞かせていただけませんか？」

イングリット様がスターリング侯爵夫人に尋ねた。

「ええ、彼女の名前は『アナスタシア・エテルノ』と言って……たしか今、四十二歳だと言っていたわ。とても美しいの。でも気の毒に……あまり目が見えなくて、足も不自由だから車椅子に座っているの。屋敷からほとんど出ることはないのよ」

「……エテルノ……？　あっ、エテルノ侯爵のことですね？」

イングリット様は少し興奮している。

「ええ、そうよ。エテルノ侯爵も彼女をいたわって、社交の場に姿を見せることはほとんどないわ。でもやっぱりサロンの発起人だけあって、イングリットさんは顔が広いわね」

私はその話をじっと聞いていた。

なぜだろう？　すごく……胸がざわざわする。本当の家族だと確定したわけではないけれど、どうしても期待してしまう。

「あ、あの……おふたりの間に……子どもはいるのでしょうか？」

恐る恐るスターリング様に尋ねてみた。

「ええ。いたらしいわ」

「いた……らしい……？　いたらしいとは、どういうことなのでしょう？」

私はスターリング侯爵夫人を見つめる。

「ええ、私もあまり詳しい話は聞いていないのだけど、なんでも二十年ほど前に、エテルノ侯爵夫妻の命を脅かした事件があったらしいわ。そのときに夫婦は生まれて間もない女の子の赤ちゃんを、乳母に託して逃がしたらしいの」

二十年……私と同じ年齢だ。胸の動悸がさらに速くなる。

「アナスタシア侯爵夫人の子どもの名前はうかがっていますか？」

イングリット様が質問した。

「ごめんなさい、子どもの名前までは聞いていないのよ。それに……」

スターリング様は瞳を伏せると、ためらいがちに再び口を開く。

「その子は行方《ゆくえ》不明になってしまったらしいわ。そして気の毒なことに……森の中で乳母が遺体で発見されたそうよ」

「！」

私もイングリット様も息を呑んだ。

「それを知ったアナスタシアはあとを追って自殺しようと、毒を飲んでしまったのよ」

「……毒……ですか……？」

自分の声が震えている。

その言葉に気分が悪くなってきたけれど、話の続きをどうしても知りたい。知らなければいけないような気がした。

「アゼリアさん、大丈夫？　ひどく顔色が悪いわ？」

イングリット様が心配そうに顔を覗き込んできた。

「はい。大丈夫です……そのあと、夫人はどうなったのでしょう？」

「アナスタシアは一週間ほど死の淵をさまよったそうだけど、なんとか一命はとりとめたの。ただ毒を飲んだことで目がほとんど見えなくなって、両足に麻痺が残って歩けなくなってしまったのよ」

「そうだったのですか……」

そう答えると同時に、ぐらりと身体が大きく傾く。

「アゼリアさん⁉　しっかりして！」

イングリット様が私の身体を支えてくれた。

「アゼリアさん、少し隣の部屋で休んだほうがいいわ」

「ええ、私もそう思うわ。アゼリアさん、隣の部屋で少しお休みなさいな」

スターリング侯爵夫人が心配そうに顔を覗き込んできた。

「申し訳ございません……」

スターリング侯爵夫人は出席者に少し挨拶をしてから来るということで、私はイングリット様に付き添われて隣室へ移動した。彼女はベッドに横たわった私を心配そうに覗き込む。

「すみません……今日は体調がよかったのですが、先ほどの話に驚いてしまって……」

「ええ、私も驚いたわ。おそらくアナスタシア侯爵夫人がアゼリアさんのお母様ではないかしら？　私はそんな気がする。実際に私はお会いしたことがないけれど、彼女はまるで宝石のような美しい緑の瞳の持ち主らしいのよ？　アゼリアさんのように――」

「アゼリアさん、大丈夫かしら？」

そこへスターリング侯爵夫人が部屋に入ってきた。

「はい、だいぶ楽になってきました。スターリング様、お願いがあります。アナスタシア侯爵夫人にお会いすることはできないでしょうか？」

「そうねえ、アナスタシア夫人はあまり人にお会いするのを好まない方なのよ。実際会えるかどうか……」

「それでは尋ねていただけませんか？　……私はグリーンヒルという教会の前で拾われました。赤ちゃんを抱いた家族写真が収められたペンダントと、私の名前がアゼリアと記された短い手紙と一緒に」

いつしか私は必死になって訴えていた。

「お願いします。私は白血病に侵されています。私にはもうあまり時間が残されていません。どうか会ってほしいと頼んでいただけませんか？」

いつしか私の目には涙が浮かんでいた。

「アゼリアさん……あ、あなたは白血病だったのですか……？　イングリットさんから身体が弱いという話は聞いていたけれども……」

スターリング侯爵夫人は肩を震わせながらそっと私の手に触れてきた。

「すみません。病名までは、流石《さすが》にお話しできませんでしたの」

イングリット様が申し訳なさそうに目を伏せる。その顔は悲し気だった。

「私はいつどうなるかわからない身体です。最期を迎える前にひと目でもいいので本当の家族に会いたいのです。そうでなければ……自分の生まれてきた意味が……見出せないのです……」

すると不意に手を強く握りしめられた。

「スターリング様……？」

スターリング侯爵夫人は涙を流しながら私を見つめている。

「わかりました。私は今から夫人のもとへ行ってまいりますね。彼女はここから馬車で一時間ほど走らせた湖のほとりに夫と一緒に暮らしております」

「今から行かれるのですか!?」

これにはイングリット様も目を見開く。

「ええ。すぐにでも会えるように尽力しましょう。エテルノ侯爵夫人もあまり身体が丈夫ではありませんから……」

スターリング侯爵夫人は最後のほうは少しだけ言葉を濁した。

でも、それは当然の話かもしれない。私の母かもしれないエテルノ侯爵夫人は毒を飲んで一週間も生死の境をさまよったのだから。

「アゼリアさん。もし会うことが可能なら明日、お迎えに上がります。たしかヨハン先生の診療所で暮らしていらっしゃるのですよね？」

「はい、そうです」

「わかりました。では早速行きますわ。イングリットさん、今日のサロンをお任せしてもよろしいかしら？」

スターリング侯爵夫人は立ち上がった。

「わかりました。アゼリアさんは……？」

イングリット様は返事をすると、私のほうを見た。

「そうですね……大事なお話をうかがえましたし……うまくいけば明日会えるかもしれないので、私も今日のところはおいとましようかと思います」

「ええ、あまり顔色が優れないし、そのほうがいいかもしれないわね」

イングリット様は同意してくれた。

「でしたらついでに送ってあげましょう。アゼリアさん、私の馬車にお乗りなさいな。ヨハン先生の診療所までご一緒しましょう」

「ありがとうございます」

こうして今日のところはスターリング侯爵夫人とともに退席することになった。馬車がヨハン先生の診療所に到着したころには正午を迎えようとしていた。

「アゼリア、それでサロンで何かいい話が聞けたかい？」

昼食の席でヨハン先生が尋ねてきた。

「はい、実は私の母かもしれない人の手がかりが掴めたのです」

「本当ですか⁉　アゼリア様！」

ケリーが驚きの声をあげた。

「ええ、本当よ。その方の名前はアナスタシア・エテルノ。私と同じ緑色の瞳らしいのです。侯爵夫人で湖の畔のお屋敷に住んでいるそうよ」

ふたりに話しながらも、自分がどこか緊張しているように感じていた。もうすぐ会えるかもしれない本当の家族を想像する。

「緑の瞳は珍しいですからね。私はアゼリア様以外で緑の瞳を持つ人は見たことがありません」

「侯爵夫人……か……そんなに爵位が高い女性がアゼリアの母親かもしれないんだね？」

「まだわかりませんけど、そうであってほしいです」

いよいよ、明日……実の両親に会えるかもしれない。一体どんな顔をしているのだろう？　会えたら何を話そう……

私の胸は期待でふくらむのだった。

その夜、いつものようにヨハン先生とリビングでハーブティーを飲んでいると診療所の電話のベルが鳴り響いた。

「アゼリア、ひょっとするとあの電話……スターリング侯爵夫人からじゃないのかい？」

「はい、そうかもしれませんね。私が電話に出てもいいでしょうか？」

「ああ、もちろん。行っておいで」

「はい」

私はベルが鳴り響く診療所へ向かい、逸《はや》る気持ちを抑えて受話器を取った。

「お待たせして申し訳ございません。ヨハン診療所でございます」

『その声……アゼリアさんね？』

受話器から聞き覚えのある声が聞こえてきた。

「はい、そうです。スターリング侯爵夫人ですか？」

『ええ、そうよ。アゼリアさん、聞いてちょうだい。やはりエテルノ侯爵夫人があなたのお母さんだったのよ！』

その言葉に、私の胸の鼓動が早くなる。ついに……

『彼女がアゼリアという名前を付けたそうよ。あなたの話をしたら、すぐにでも会いたいと言ってきたわ』

ずっと私は孤独だった。自分が養女だと聞かされたときから、どれだけ実の両親に恋い焦がれてきたか……

「ほ、本当ですか……？」

自分の声が震えている。

『ええ、そうよ』

「あ、あの……私の話を聞いたとき、エテルノ侯爵夫人はどんな様子でしたか……？」

まだ、会ってもいない人を母と呼ぶのは気が引けた。それでも、私が捜していたという事実を知ったときのエテルノ侯爵夫人の反応が知りたかった。

「彼女はとても驚いていたわ。それに……涙ぐんでいたの。一刻も早くあなたに会いたいと言ってね」

「そうなのですね……。よかった……」

一瞬でも私と会うのをためらっていたらどうしようと不安に思っていただけに、安心した。

『明日の朝九時に迎えに行くわ。体調を整えるために今夜は早く休むのよ？』

「はい、わかりました」

スターリング侯爵夫人のいたわりの言葉が心に染みる。

『それじゃ、また明日ね。おやすみなさい』

「はい、おやすみなさい」

そして電話が切れた。

「ついに……家族が見つかった……」

ようやく明日夢が叶う。

お父様、お母様……やっとお会いできます。

胸に熱いものがこみ上げ、気づけば私の頬に涙が伝っていた。

第十二章　待ち望んだ再会

翌朝、私は診療所の前のベンチで、期待と不安が入り混じった気持ちでスターリング侯爵夫人の迎えを待っていた。目の前のメインストリートを馬車や人々が通り過ぎていく様子を眺めていると、不意に声をかけられる。

「アゼリア、また会ったな！」

「え？」

振り向くとそこには自転車にまたがったオリバーさんがいた。

「おはようございます、オリバーさん。座ったままの挨拶をお許しください」

「だからそんなこと気にするなって。それで今日もここで何してるんだ？」

「はい、迎えの馬車を待っているのです。あ……そうでした。オリバーさんに報告しなければいけないことがあります」

「なんだ？　アゼリア。えらくご機嫌じゃないか」

オリバーさんはニコニコしながら私を見つめる。

「聞いてください、私の両親が見つかったんです！　これから会いにいくところなんです」

「そうだったのか!?　おめでとう！　ついに……本当の両親に会えるんだな……よかった。本当によかったよ……」

オリバーさんは涙ぐんで、手の甲で目元をゴシゴシこすった。

「オリバーさん……ありがとうございます」

「それで、アゼリアの両親が見つかったきっかけはなんだったんだ？　自分で捜し出したのか？」

「ええと……それがちょっと複雑なのですけど、マルセル様がペンダントの紋章の正体を突き止めてくださって、そのおかげでイングリット様からサロンへ誘われました。そして、そこで両親に関する重要な手がかりが見つかったんです」

「な、なんだって!?　そうだったのか……俺はまったくの役立たず人間じゃないか……アゼリアの力になりたかったのに……よりにもよって、あのふたりに先を越されるなんて……」

そう言ってガックリとうなだれるオリバーさん。

「そんなことないですよ。とても感謝しています。オリバーさんに言われなければ、そもそもペンダントを磨いてもらうなんて思いつきませんでした」

「……そっか、ありがとな。そんなふうに言ってくれて」

「それでオリバーさん、今日はどちらへ行かれるのですか？」

「ああ。実は王太子様が海外留学から戻ってきたんだよ。そこで今日は新聞各社を呼んで記者会見が開かれるんだ」

「そうだったのですか」

王太子様……どんな方なのだろう？　すると私の心の内を察したのかオリバーさんが尋ねてきた。

「なんだ？　アゼリアも王太子様に興味があるのか？　やっぱりみんな王太子様に興味があるのか。なにせ俺の奥さんだって王太子様～なんて言ってるくらいだから」

「私は興味があるというか……この国の王太子様なんて雲の上の人だなと思って。あ、でもお顔は気になりますね」

「よし、そうか。なら今日は写真を撮ってくる予定だから現像したらアゼリアに見せてやるよ。俺も何かひとつくらいアゼリアの役に立ちたいからな……っていっけね！　俺もう行かないと！」

オリバーさんは自転車に乗ると、手を振って走り去っていった。

「フフ……オリバーさんと話していると、なんだか元気をもらえる気がするわ」

再びひとりになった私はスターリング侯爵夫人がやってくるのを待つ。すると、ほどなくして真っ白な美しい馬車がこちらに向かって近づいてきた。

「あ……あの馬車はもしかして……」

町行く人々もその馬車に見とれているくらい、美しい馬車だった。馬車が目の前で停まると御者が降りて挨拶する。

「アゼリア・フレーベル様ですね。中にスターリング侯爵夫人がいらっしゃいます」

扉を開けると、スターリング侯爵夫人が椅子に座ってこちらを見ていた。

「こんにちは、アゼリアさん。お待たせしてしまったかしら？　さぁ、乗ってちょうだい」

「おはようございます、スターリング侯爵夫人」

乗り込むと、すぐに馬車は走り始めた。

「アゼリアさん、ここから馬車でエテルノ侯爵夫妻が住む屋敷までは二時間近くかかるのよ。だから疲れたらいつでも言ってちょうだい。そのときはどこかで休憩を入れましょう？」

「お気遣いありがとうございます。実は昨夜、緊張してあまり眠ることができなくて……申し訳ございませんが少しだけ眠ってもよろしいでしょうか？」

馬車の心地よい揺れのためか、先ほどから眠気に襲われ始めていた。

「そうね、それがいいかも。ではおやすみなさい。屋敷に着いたら起こしてあげるから」

「ありがとうございます……」

そして目をつぶると、すぐに私は深い眠りについてしまった――


「アゼリアさん、大丈夫かしら……？」

すぐそばで誰かが私に話しかけている。ゆっくり目を開けると、そこには私の顔を覗き込んでいるスターリング侯爵夫人の姿があった。

「あ……スターリング様……申し訳ございません」

目をゴシゴシこすり、自分が本当に眠ってしまっていたことに気がついた。

「いいのよ、そんなことは気にしなくても。大丈夫？　起きられるかしら？　エテルノ侯爵家の屋敷に到着したわよ」

「ほ、本当ですか？」

身体を起こし窓から外を見ると、眼前には美しい湖が広がり、その湖を見下ろすような形で真っ白い大きな城が建っていた。青い屋根もなんとも美しく、まるで物語の世界だ。

「お、お城……これはお城ではありませんか？」

「ええ。エテルノ侯爵家は歴史が古い名門の家柄なのよ。アゼリアさんは名家の娘だったってわけ。だからその気になれば……」

「あの……今の言葉は……？」

スターリング侯爵夫人のどこか含みを持たせる言い方に私は首をかしげる。しかし、彼女は答えずに笑みを浮かべた。

そのとき城の門が大きな音を立てて、ゆっくりと開く。

「アゼリアさん。馬車から降りましょう」

「はい」

城門が開かれると、上質なスーツを着こなした四十代と見られる男性が立っていた。その男性の背後には大勢のメイドとフットマンが控えている。

その男性は私と同じ栗色の髪で、どことなくペンダントに写っていた人物と似ていた。私は男性から目を離すことができない。

まさか……あの男性が……？

その人物はゆっくりと近づいてきて、私の眼前で止まる。その瞳は青く、目元はとても優しげだった。

「アゼリア……なのか……？」

直感的に悟った。この人は……間違いなく、私のお父様だということに。

その人は声を震わせながら尋ねてきた。

「はい……私の名前は……ア、アゼリア……です……」

自分の名前を口にしながら、いつしか私の目には涙があふれる。

「アゼリア……そうだ。その緑の瞳は……まさしく私の娘のものだ……！」

その人――お父様は私の頬にそっと触れる。次の瞬間、強く抱きしめてきた。

「お父様……！」

「どれほどお前に会いたかったことか……！　まさか生きていてくれたなんて……。今まで一度たりともお前を忘れたことなどなかったよ……」

伝えたい言葉は山程あるのに、いざとなると言葉が何も出てこない。頭に思い浮かんでこないのだ。それがもどかしくてたまらなかった。

けれど、それと同時に私は今まで感じたことのないほどの幸福感で包まれていた。

お父様の胸はとても広くて大きかった。これほどまでに温かい抱擁をしてもらったことは記憶にない。……これがきっと、無条件に注がれる子どもへの親の愛情なのかもしれない。

「お父様……お父様……ずっとずっと……お会いしたかったです……」

涙混じりにお父様に訴える。今はそれしか言葉が出てこない。

「もちろんだ。私だって……同じだ……愛しい娘……」

大きく、温かいお父様の胸に顔を埋めて私は涙を流し続ける。そんな私を強く抱きしめて髪を撫でてくれるお父様の手がとても優しくて、いつまでも涙が止まらない。

「アゼリア、馬車に揺られて疲れたのではないか？　とにかく中へ入ろう」

お父様はそう言って私を軽々と抱き上げると、そのまま城の中へ入っていく。スターリング侯爵夫人はその様子を笑顔で見つめ、手を振って私たちを見送る。

「お、お父様!?　あ、あの……ひとりで歩けますので……」

恥ずかしくてたまらず顔を真っ赤にさせながらお父様に訴えた。まさかお父様に抱き上げられるなんて……！

「何も恥ずかしがることはない。アゼリアの体調が悪いという話は夫人から聞いているんだよ。大切な我が子に無理なことはさせたくない」

「お父様……」

「それに……赤ちゃんだったお前を手放してしまったからな……今さらだが、その穴埋めくらいさせてくれ」

お父様にとって、今の私は二十歳の娘ではなく、生き別れてしまったころと大差ないように思っているのだろうか？　……恥ずかしかったけれども、私ももう少しだけお父様の温かな腕に抱かれていたい。

「はい……」

そこで私は顔を赤らめながら小さくうなずいた。

屋敷の中は何もかもがとても豪華で、長い廊下には美しい調度品で溢れかえっている。それに……気のせいだろうか？　この屋敷はフレーベル家に比べて温かみを感じる。

「どうしたのだい？　アゼリア」

私がキョロキョロしている姿を見てお父様が声をかけてきた。

「い、いえ……あまりにも立派なお部屋だったので……」

するとお父様がクスクス笑う。

「アゼリアの部屋も立派だよ。成長した姿を想像しながら、その年齢に合わせて部屋のインテリアも変えていたんだ。赤ちゃんだったころはおもちゃが溢れていたり、少女時代はたくさんの絵本を飾ったりとね」

「え……？　そうだったのですか……？」

その言葉に私はとても感動してしまう。お父様とお母様の愛情がどれほど深いものだったのか改めて感じた。やはり、これが本当の親子というものなのだ。家族の愛がひしひしと伝わってきて、心が温かくなる。

「アゼリア、この扉の奥にアナスタシア……お前の母さんが待っている。……歩けるか？」

歩き続けていたお父様が真っ白な扉の前で足を止めた。

「はい、歩けます」

お父様は私を下ろすと、扉を開けた。明るい日差しが差し込む広々とした部屋の中に、車椅子に座る美しい女性の姿が目に飛び込んできた。

「おいで、アゼリア」

お父様が私の手を引く。ふたりでお母様へゆっくり近づくと、お父様が告げる。

「アナスタシア。今、ここに私たちの娘を連れてきたよ」

「アゼリアが……そこにいるのね？」

お母様の瞳は、まるで宝石のように美しい緑色をしている。

「彼女は目がほとんど見えないのだ。大きな声で返事をしてあげてくれるかい？」

お父様が小さな声で耳元でささやく。その言葉にうなずくと、お母様に声をかけた。

「ここです、ここにいます！」

そして私はお母様の手をギュッと握りしめた。

「アゼリア……？」

「はい……お母様……アゼリアです……」

お母様は手探りで私の頬に触れ、顔を近づけてきた。まつ毛が触れ合うくらいの距離まで近づくと、お母様は目を見開く。

「ああ……そうだわ……なんとなくだけど、ぼんやりと見えるわ……そのグリーンアイは……ファファニール家の血筋の証……」

そしてお母様はボロボロ涙をこぼした。

「ごめんなさい……アゼリア……」

私の頬を包むお母様の手にグッと力が入る。

「まだ赤ちゃんだったあなたを手放してしまった私を許して……すべては私の……ファファニール家の末裔だった私のせいなのよ……」

お母様は少しも悪くない。お母様とお父様が私を守るために、ここから逃がしてくれたことは知っている。毒を飲んで死のうとして、今までずっと自分を責め続けていたなんて……私の目は再び熱くなってしまう。

「お……お母様！」

お母様に抱きつくと、弱々しくも私をしっかり抱きしめ返してくれた。

私はいつもモニカが羨ましかった。寂しくて悲しくて、本当の両親に会いたくて涙で枕を濡らした日々は数知れない。

でも、私の願いがようやく叶ったのだ。私とお母様はしばらくの間言葉を交わすこともなく、お互いの身体を強く強く抱きしめ合う。涙は止まらない。

お父様は優しい笑みを浮かべて私を見ていたが、不意に真面目な顔になった。

「アゼリア、私たちがなぜまだ赤子だったお前を手放さなければならなくなったのか……話を聞いてくれるかい？」

「はい。よろしくお願いします」

私がそう答えると、お母様は私の手をそっと取り、ポツリポツリと語り始めた。

「私とアゼリアには、二百年前に滅んでしまったパレルソン王国の王家ファファニールの血が受け継がれているの。この緑色の瞳が何よりの証拠よ。反発する貴族たちがクーデターを起こし、この王家は滅ぼされてしまったの」

「はい、知っています」

私がうなずくと、お父様が目を丸くした。

「ほう？　すごいな。まさかアゼリアが知っていたとは」

「それなら話が早いわ。国を乗っ取った貴族たちだったけれど、今度は国民によって再び反乱が起こった。そして最終的に滅んでしまったのよ。パレルソン王国という名前は変わり、今では貴族制度がない国になったの」

これは古い歴史の話。だけど――

「それがなぜ二十年前の話とつながるのですか？」

私はどうしても理解できなかった。するとお母様の表情が曇る。

「パレルソン王国が滅んだときに……大臣として仕えていた人物が家族を連れて、一足早く国から逃げて反乱に巻き込まれずに生き延びたの。そして、その血を受け継いだとされる男性が私たちのもとに現われたのよ」

「え……？」

「その男はパレルソン王国を復活させ、その国の支配者となりたいと言ってきた。そして、国を象徴する人物として、ファファニール家の血を継ぐアナスタシアを要求してきたのだ。……おそらく自分の出自を知って、愚かな夢を抱いたのかもしれない」

お父様が唇を噛みしめる。

「私を見るあの男の目は本当に恐ろしかったわ。二十年経った今でも忘れられない……」

お父様は震えるお母様を優しく抱き寄せる。

「もちろん、そんな男の言うことなど聞くつもりはなかった。だから私は言った。アナスタシアは私の大切な妻だ。お前のような人間にくれてやるはずもないと。そして男を追い払ったのだ」

「ええ。そうなのよ。だいたい二百年も昔に滅びた国を再建させようなんてどうかしているわ」

「言うことを聞かないのであれば絶対に後悔することになると男は言い残して、この屋敷を出ていった。彼が去ったあとすぐに警察に連絡を入れたけれど、まだ何も起きていない段階では動けないと言われて、あてにすることはできなかった……」

お父様の顔は悲しげだった。

「そこで私はアナスタシアとアゼリアを一時的に避難させることにしたのだよ。遠縁の者に匿《かくま》ってもらおうと準備を始めている矢先、あの男が兵士を連れてこの城へ戻ってきたのだ。アナスタシアとアゼリアを殺害するために」

「え!?　そ、そんな……!」

私は恐怖で背筋がぞっとした。

「耳にしたのだよ、彼が兵士たちにアナスタシアとアゼリアを見つけ次第、殺せと言っているのを……。自分の言うことを聞かないのであれば、ファファニール家の血を引く存在の意味がないと」

その言葉を聞いて、私の背中に冷たい汗が流れる。お父様もお母様もその当時のことを思い出したのだろう、ふたりとも顔色が真っ青だ。怯えた表情を浮かべるお母様が話す。

「私とアゼリアは城の裏口から別々のルートで護衛たちと一緒に逃げることになったの。あなたを逃がすために私が囮《おとり》になって、一番信頼している乳母にアゼリアを託したのよ」

そう言うとお母様は唇を噛んだ。お父様が口を開く。

「私たちのほうは使用人が通報してくれたお陰で、大勢の警察官や町の警備兵が駆けつけてくれたので助かった。あの男も含め、引き連れてきた兵士たちは全員無事に逮捕されたよ」

「そうだったのですね……」

　よかった……彼らが逮捕されたのならお父様たちが脅かされることなく、安心して暮らしていけるということだ。もうこれ以上心労を重ねてほしくはない。

「そのあと、私たちはアゼリアを必死で捜した。そして森の中で敵味方が入り混じった兵士たちの遺体を発見した。現場には血に染まったアゼリアを包んでいた布の切れ端も落ちていたのだ。それを目にしたとき……もう死んでしまったのだろうと、なかば諦めてしまったのだ……」

　お父様の声は苦しげだった。

「お父様……」

「すまなかった、アゼリア。お前を捜すのを諦めてさえいなければ、もっと早く再会することができたのに……でもこれからは一緒だ。親子三人でこの城で暮らそう」

　お父様が私の手を握りしめてきた。

「ええ。アゼリア。あなたさえいてくれれば、私はもう何も望まないわ。あなたの顔をはっきり見ることができなくても、今の私はとても幸せよ」

　私がいてくれるだけで、幸せなんて……お母様の言葉が涙が出そうになるほどにうれしかった。今まで生きてきてよかったと、心の底から思えるほどに。

「……ありがとうございます……お父様、お母様……」

　涙を浮かべながら礼を述べる。

私はこの冷たい世界にひとりぼっちだと思っていた。でも、本当はそうではなかった。神様は私を見捨ててはいなかったのだ。今の私には私のことを思ってくれる大切な人たちがたくさんいてくれる。

「お礼を言う必要はない。親なのだから当然のことさ。二十年間一度も親らしいことをしてあげられなかったけれど、これからは一緒にここで暮らせるのだからね。まるで夢のようだよ」

「ええ。アゼリアと一緒に暮らせる日が本当に来るとは夢にも思わなかったわ」

「はい、お父様。お母様、私もです」

私はお母様を抱きしめると、背後からお父様の大きな腕が私たちを抱き寄せる。私が夢にまでみたことが現実となったのだ。

「愛しています、お父様。お母様……二十年間生きてきて、これほどまでに幸せを感じたことは今まで一度もありません」

私は夢にまで見た自分の言葉をふたりに伝える。そしてお父様とお母様は深くうなずいてくれた。

……おそらく両親は私が余命宣告を受けていることは知らないはず。そのことを告げなければならない日がいつかは来るだろうけど、まだ大丈夫。だって、今の私は両親に会えたうれしさで気力に満ち溢れているのだから。

それにヨハン先生もウォルター様も言っていた。『生きる希望を持つように』と。

両親に無事再会することができた私には次の目標が生まれた。

それはお父様とお母様のために、一日でも長く生きること。まだ行方《ゆくえ》のわからないカイを捜すためにも生きてみせる。大丈夫、きっと彼を見つけることだってできるはず。

私を思ってくれる人のためにも一分一秒でも長く生きていけますように。

世界はこんなに輝いて、希望に満ちているから――

新＊感＊覚ファンタジー！

レジーナブックス Regina

レジーナブックス Regina

この天才魔法師、一途すぎ！

悪役令嬢は冷徹な師団長に何故か溺愛される

未知香《みちか》

イラスト：UIIV◇

乙女ゲームの世界に転生した悪役令嬢テレサ。地味に生きていこうと思っていたのに、隠しルートの攻略キャラ・冷徹な魔法師団長クロエラが家庭教師としてやって来た！　魔法の適性はゼロなのに、うっかり前世の知識で禁術の「黒の魔法」について話してしまったテレサはクロエラに興味を持たれ、執着されることに⁉　ストーカー天才魔法師×猫被り転生悪役令嬢のじれ甘ドキドキ過剰供給ラブコメ、開幕！

詳しくは公式サイトにてご確認ください。

https://www.regina-books.com/

携帯サイトはこちらから！

新＊感＊覚ファンタジー！

レジーナブックス Regina

レジーナブックス Regina

ポンコツ薬師令嬢が大活躍！

私を追放したことを後悔してもらおう１～２
～父上は領地発展が私のポーションのお陰と知らないらしい～

ヒツキノドカ
イラスト：しの

ポーション研究が何より好きな伯爵令嬢アリシアは、自前の研究所でひたすら魔法薬開発に精を出していたが「女は働く必要ない」という父から家を追放されてしまう。アリシアは途方に暮れながらも、友人エリカや旅の途中で助けた亀の精霊・ランドの力を借りながら隣国でポーションスキルを発揮していくが――!?

詳しくは公式サイトにてご確認ください。

https://www.regina-books.com/

携帯サイトはこちらから！

この作品に対する皆様のご意見・ご感想をお待ちしております。
おハガキ・お手紙は以下の宛先にお送りください。

【宛先】
〒150-6008 東京都渋谷区恵比寿4-20-3 恵比寿ガーデンプレイスタワー 8F
（株）アルファポリス　書籍感想係

メールフォームでのご意見・ご感想は右のＱＲコードから、
あるいは以下のワードで検索をかけてください。

アルファポリス　書籍の感想　検索

ご感想はこちらから

本書は、「アルファポリス」（https://www.alphapolis.co.jp/）に掲載されていたものを
改題、改稿、加筆のうえ、書籍化したものです。

余命宣告《よめいせんこく》を受《う》けたので私《わたし》を顧《かえり》みない家族《かぞく》と婚約者《こんやくしゃ》に
執着《しゅうちゃく》するのをやめることにしました

結城芙由奈（ゆうき ふゆな）

2023年 9月 5日初版発行

編集－境田 陽・森 順子
編集長－倉持真理
発行者－梶本雄介
発行所－株式会社アルファポリス
〒150-6008 東京都渋谷区恵比寿4-20-3 恵比寿ガーデンプレイスタワー8F
TEL 03-6277-1601（営業） 03-6277-1602（編集）
URL https://www.alphapolis.co.jp/
発売元－株式会社星雲社（共同出版社・流通責任出版社）
〒112-0005 東京都文京区水道1-3-30
TEL 03-3868-3275
装丁・本文イラスト－ザネリ
装丁デザイン－AFTERGLOW
（レーベルフォーマットデザイン―ansyyqdesign）
印刷－中央精版印刷株式会社

価格はカバーに表示されてあります。
落丁乱丁の場合はアルファポリスまでご連絡ください。
送料は小社負担でお取り替えします。

ISBN978-4-434-32512-0 C0093